JN253506
誓約のマリアージュ
Seiyakuno Mariage
あぁ、どうしてこの方はこんなにやさしいのだろう。
目の奥がじわりと熱くなる。必死に涙をこらえる真の手を、和人は目の高さまで持ち上げた。

誓《せい》約《やく》のマリアージュ

宮《みや》本《もと》れん

ILLUSTRATION：高《たか》峰《みね》顕《あきら》

誓約のマリアージュ

LYNX ROMANCE

CONTENTS

誓約のマリアージュ

やわらかな春の風がやさしく頬を撫《な》でてゆく。

駅の改札を抜け、立石真《たていしまこと》はゆっくりと辺りを見回した。

今日から、この土地で新しい人生がはじまる。緊張がないと言えば嘘《うそ》になるけれど、新しい場所で自分を試せることはうれしくもあった。

今度はどんな方に出会えるだろう。

自分にはなにができるだろう。

それを考えると身の引き締まる思いがする。逸《はや》る気持ちを落ち着かせるべく大きくひとつ深呼吸をすると、真はまっすぐに前を向いた。

今日ここに来たのは祖父との約束を守るためだ。新しい勤め先へと真の背中を押してくれた人こそ、尊敬する父方の祖父だった。

都心から電車で二十分。

ベッドタウンと呼ばれるこの辺りは緑が多く、よく整備されていて住みやすそうだ。バスプールの向こうの広場には木製のベンチがいくつも置かれ、待ち合わせやお喋《しゃべ》りなど、人々が思い思いに過ごしている。大きな噴水の前ではたくさんの鳩《はと》が子供の投げた餌《えさ》をせっせと啄《ついば》んでいた。

駅の反対側は大型の商業施設が立ち並び、賑《にぎ》やかだと聞いているが、こちら側はおだやかなものだ。主に生活圏ということなのだろう。

「さて、と……」

真はスーツのポケットから懐中時計《かいちゅう》を出し時間を確かめる。外出する時は荷物もあるし、腕時計の方がなにかと都合がいいのだろうけれど、長年身体《からだ》に染みついた癖《くせ》で「時間」というとついつい鎖を手繰《たぐ》ってしまう。

文字盤は十時半を指していた。

駅から目的地までは車で十五分ほどと聞いている。約束の十一時には余裕をもって着けるだろう。

愛用の時計をポケットにしまうと、真はバスプールの端にあるタクシー乗り場へと足を向けた。

平日の午前中ということもあってか、タクシーの前には誰もいない。真が近づいていくと、待ってましたとばかりに後部座席のドアが開いた。

「こちらの住所までお願いします」

座席に身を滑らせ、目的地が書かれたメモを手渡す。

それをチラと見た運転手はすぐに合点《がてん》がいったようで、「あぁ、御堂《みどう》のお屋敷ね」と頷《うなず》いた。

「よくご存知ですね」

「そりゃ有名だもの。私もここから何人か乗せたよ」

初老の運転手は制帽を直しながらふり返る。よほど退屈していたのか、それとも単なる話好きか、車が走り出してからもお喋りはしばらく続いた。

曰《いわ》く、屋敷にはもともと資産家がひとりで住んでいたこと。一年ほど前にその主《あるじ》が亡くなったこと。てっきり家を売却するのかと思いきや、新しい主がやって来て住みはじめたらしいこと。

「いやぁ、すごいよねぇ、あんな立派なお屋敷にひとりって。いろんな人が出入りしてるらしいけど、夜なんか、ひとりじゃ寂しくなるよねぇ」

一方的に捲《まく》し立てられ、はじめのうちこそていねいに相槌《あいづち》を打っていた真も言葉に詰まる。けれどドライバーは意に介した様子もなく、バックミラー越しに視線を向けてきた。

「おたくさんも新しいご主人にご挨拶《あいさつ》でしょ？」

「え？」

「先代の頃からつき合いのある人たちが挙《こぞ》ってご機嫌取りに通ってるもの。この間乗せた人なんかは融資のお願いに行くって言ってたねぇ」

「あぁ、そういうことですね」

相手が言わんとしていることを察し、真は曖昧《あいまい》に言葉を濁《にご》す。

きっと、自分もその中のひとりに見えているのだろう。大きな家になればなるほど代替わりの際にはよくある話だ。これから行く御堂のお屋敷でもそれが常態化しているらしい。

先代は、ずいぶん交友関係の広い人だったようだ。そしてかなりの資産家でもあった。そんな人の後を継いだ今の主人はさぞや大変に違いない。

真はダッシュボードに立てられたドライバープロフィールをチラと見る。

そんな視線に気づいたのか、運転手はごまかすように笑ってから、「ここだけの話だけど」と声を潜《ひそ》めた。

「ちょっと気をつけた方がいいよ」

「それは、どういう意味でしょう」

「いやね。新しいご主人はかなりの変わりものらしいから」

——そうきたか……。

運転手に聞こえないようにそっと嘆息《たんそく》する。

そんなものはおおかた尾鰭《おひれ》のついた噂《うわさ》か、思いどおりに話が進まなかった訪問客のやっかみだろう。

とはいえそんなことを言うわけにもいかず、真は運転手に礼を言ってリアシートに背を預け直した。

窓の向こうではマンションが群《ぐん》をなしている。それらを通り抜け、ゆるやかな坂を上りはじめると車窓《しゃそう》の景色は一変した。

一戸一戸の間隔が広くなり、家自体も大きくなる。高級住宅街と呼ばれるエリアに入ったのだろう。それぞれの庭は趣向が凝《こ》らされ、生活に対する余裕のようなものを感じさせた。

それらを眺《なが》めていた真の目に、不意に蔓薔薇《つるばら》のアーチが飛びこんでくる。自分にとって第二の故郷とも言えるイギリス、そこに住む人々が心の拠《よ》り所としているイングリッシュガーデンを思い出し、自然と頬がゆるんだ。

真がイギリスに渡ったのは今からもう十年も前のことだ。

本場英国《えいこく》のバトラースクールを首席で卒業した腕を買われ、その後八年間、小さな領地を持つ貴族の屋敷に奉公したことがあった。

格式のある古い家柄で、なにより伝統を重んじた。古き良き時代の騎士道精神を受け継いだ主人は老いてなお厳しかったけれど、とてもやさしく、思いやり深い人だった。

子供に家督《かとく》を譲《ゆず》って田舎《いなか》に移ると言うので、真も当然移住先について行くつもりでいたが、そんな執事《しつじ》に主は「おまえはまだ若いのだから、いろいろな経験をしなさい」と言って暇《ひま》を与えた。

別れは辛く、一言では言い表せないものだったけれど、自分を思ってくれる主の気持ちが痛いほど胸に沁《し》みた。彼から見れば自分は孫のようなものだったろう。花の好きな人だった。とりわけ純白の薔薇をよく好んだ。

お元気でいらっしゃるだろうか……。

青い空の向こう、遠い彼の地《か》に思いを馳《は》せる。頑張りなさいと何度も背中を撫でてくれた懐《なつ》かしい笑顔が瞼《まぶた》に浮かんだ。

――おまえは勤勉で、何事にも真面目《まじめ》に取り組む。だが時には道草も必要だ。それは人生を何倍も豊かにする、ギフトのようなものなのだからね。

別れ際《ぎわ》にいただいた言葉だ。

それを思い起こしながら真は静かに背を正した。

今向かっている御堂家は逆に、長年勤めた執事が高齢を理由に引退した後、なかなか次の担《にな》い手が見つからずに探していたところだったそうだ。真の祖父の古い知り合いから真のことを聞き、すぐにでも来てほしいとのオファーをもらった。

真の方も日本に戻ろうか、それとももう少しイギリスに留まろうかと迷っていたところだったので、思いきって帰国を選んだ。

亡くなった御堂の代理人から送られてきた就労《しゅうろう》条件も決め手になった。執事の給金は交渉によって決まるものだが、示された条件はその必要がないほどありがたいものだったからだ。

裕福な家なのだろう。いくらバトラースクールの成績が優秀だったとはいえ、執事歴八年しかない自分にあれだけの対価を支払うと言うのだから。そうでなければ、なにか特別な理由があるのか——執事を雇《やと》うような家において、特殊事情が存在しないことなどまずないのだが——あるいは、単純な人手不足か。

かつて英国貴族たちが栄華を極めた時代には重用された執事も、今やその数を激減させ、現代社会、とりわけ日本ともなるとまだまだその認知度は低い。それでも真がこの道を選んだのはある意味自然な流れだった。

立石家は、もとは華族に仕えた家系だった。

爵位《しゃくい》返上で任を解かれた後も側仕えの血は脈々と受け継がれ、代々サービス業に従事するものが多く出た。真の祖父も、父も、同じバトラースクールで学んだ先輩だ。

祖父は今でこそ現役を退いているものの、かつては外資系超高級ホテルのコンシェルジュとして、父は豪華客船の執事兼クルーズコーディネーターとして活躍している。そんな背中を見て育った真は高校卒業後にホテル勤務を経験し、その後バトラースクールに進んだのだった。

ひとたび契約を交わせば執事にプライベートはない。

　文字どおり二十四時間、三六五日。主を支え、家の中を完璧に取り仕切るとともに、時には主に代わって家を守る。見た目以上にハードだが、知識と経験をフル活用してあらゆることに対処するこの仕事には他では味わえないやりがいがあった。

　サービスには終わりがない。だから日々自分を高めていくことができる。執事という仕事に自信と誇りを持っているからこそ務められるのだ。

　新しいお屋敷でも頑張ろう。

　最高のホスピタリティ、そして最高のサービスで、主を、そして御堂の家を支えていこう。

　車がゆっくりと減速をはじめた。

　ウィンカーの音で我に返った真は手鏡を取り出し、服装の乱れがないかを確かめる。いつもは執事服を着用しているので、こうしてスーツに袖を通すのは久しぶりだ。今日は清々《すがすが》しい春にふさわしくピンストライプの入ったフレンチグレーのスーツを選んだ。

　髪も目もあかるい鳶色《とびいろ》の真にはやわらかな色の服がしっくりくる。それは陶器《とうき》のような白い肌や、すっきりとした目鼻立ちを一層際立たせるのだった。

　角を曲がったタクシーがほどなくして大きな建物の前で停《と》まる。着いたようだ。

「それじゃ、お気をつけて」

「ありがとうございました」

支払いを済ませ、片手を上げて見送ってくれる運転手に礼を言って、車を降りる。

そこには、周囲を煉瓦《れんが》造りの塀《へい》で囲まれた黒褐色の洋館があった。

蔦《つた》模様の装飾が入った門の左右には背の高さほどの門柱が立ち、アプローチの両側に高い木々が枝を伸ばしている。屋敷までは少し距離があるようで、門前からすべてを窺《うかが》うことはできなかった。

ここか……。

立派な門構えに気持ちが高まる。ボストンバッグの持ち手を握り直し、もう一度深呼吸をすると、真は思いきって敷地へと足を踏み入れた。

木々の枝が日光を遮《さえぎ》っているせいか、中に入ると少しひんやりする。

けれどいくらも行かないうちに視界が開け、目の前に美しいイングリッシュガーデンが広がった。

「……なんて、きれい……」

思わず足を止める。嘆息したきり、そこからは言葉が出なくなった。

よほど腕のいい庭師がいるのだろう。計算され尽くした種類わけ、配色、高低差が実に見事だ。

小道には濃い紫色のヴィオラや勿忘草《わすれなぐさ》が可憐《かれん》な花を咲かせ、薄紫のイングリッシュブルーベルへと心地よいグラデーションを作り出している。その少し奥には背の高いチューリップがすっくと立ち、シャーベットピンクのかわいらしい花弁を春風にそよがせていた。

花々の間はきれいに整えられ、鮮やかな緑の芝《しば》が遊歩道を埋める煉瓦に映《は》える。その向こうで咲き乱れる色とりどりの薔薇たちがここまで甘い芳香を漂わせていた。

花だけでいったい何種あるのだろう。ハーブを入れたらきっとかなりの数になるに違いない。

本場でもそうそうお目にかかれないような庭を前にしばし佇《たたず》んだ後で、後ろ髪を引かれつつ、真は屋敷の正面玄関へと向かう。

来訪を告げるベルを鳴らすと、すぐにインターフォンから応《いら》えがあり、飴色《あめいろ》の重厚なドアが開いた。

「お待ちしていましたよ。立石さんですね」

迎えてくれたのは年配の男性だった。

「はじめまして、立石真と申します。本日からこちらにご奉公させていただきます」

「三橋《みつはし》です。よく来てくださいました」

御堂の代理人として真を呼び寄せてくれた本人だ。今日の応対も彼の方から申し出てくれた。

「お忙しいところ、こまかなことまで事前にご手配くださり非常に助かりました。ありがとうございました。祖父が、三橋様にくれぐれもよろしくと」

深々と頭を下げる。

三橋はそれを両手で制しながら「いやいや、顔を上げてください」と苦笑した。

「私の方こそお礼を言わなくては。立石さんのレジュメを拝見させていただきました。こんな優秀な方に勤めていただけるならこの家も安心です。私もやっと肩の荷が下りる」

顔の皺《しわ》を深くしながら三橋が白髪《しらが》混じりの眉《まゆ》を下げる。亡くなった御堂の義理の弟であり、遺言の執行人でもある彼は、先代の遺志を実行するために四苦八苦していたところなのだそうだ。

事前に書簡でやり取りをした時にも感じたけれど、こうして面と向かって話すとなおさら、そのおだやかな人柄にほっとする。

――よかった。うまくやっていけそうだ。

胸の内で独白《どくはく》しつつ、真もまた笑みを浮かべた。

招き入れられた屋敷は柱や壁などに多少の傷《いた》みはあるものの、この家が積み重ねてきた長い歴史を感じさせる。驚いたことに中は靴履《くつば》きで、日本のどこの家にもある三和土《たたき》がここにはなかった。

「そんなところも外国を模《も》して造ったようでしてね」

視線を読んだのか、三橋が先回りをして教えてくれる。

「雪や雨の日はさすがに泥《どろ》を落としてから入りますが……」

「日本では珍しいですね。ですが、私にとっては懐かしいです」

三橋は一瞬首を傾《かし》げ、すぐに「あぁ、そうか」と頷いた。

「私はいまだに慣れないんですよ。この家に来るたびにそわそわして困る」

そう言って、三橋は靴のまま片足を上げてみせる。目尻にたくさん皺を寄せる笑い方がどことなく昔の主に似ている気がした。

「そうそう。これは手紙でもお伝えしましたが、あらためて言っておかないと……」

並んで廊下を歩きながら、三橋が思い出したというように口を開く。

「この家には住みこみの使用人がいません。庭のことは通いの庭師に、家のことは立石さんにすべてお任せすることになります」

他には通いのハウスキーパー兼料理人がひとりいるだけで、従者も置いていないのだそうだ。先代が亡くなった時に暇を出したのだという。御堂が家族を持たない人だったと聞いて、それもしかたのないことだと思った。

「執事として務めるからには使用人たちを統率することも期待されていたかもしれません。その点は申し訳ないが、ご容赦《ようしゃ》いただきたい」

「はい、存じております。そのつもりで参りましたのでどうぞご安心ください」

前の主のところでも似たようなものだったから、それは別段構わない。人手が足りないことによる多少の不便はあるだろうけれど、その分主と密な信頼関係を作ることができれば充分にやっていける。

満足そうに頷く三橋を前に、真は軽く辺りを見回した。

「さっそくで恐れ入りますが、ご当主様にご挨拶をさせていただけないでしょうか」

「そうですな。それなら、まずは荷物を置きに部屋に行きましょう。ご案内します」

この家に住むに当たり真に宛《あ》てがわれた部屋は一階の奥、キッチンの手前にあるという。並んで廊下を歩きながら三橋は屋敷について教えてくれた。

現当主で五代目を数える建物は明治の頃に建てられたもので、中は広く、プライベートスペースの他に応接室や図書室、ダイニングサロンにゲストルームまで備えている。地下にはワインセラーさえあると聞いて、真は思わず目を丸くした。

今時、本場でもセラーを備える屋敷は少ない。こうした暮らしを大切に、そして楽しんでいる証《あかし》だ。

「バトラーの本領が発揮できます」

にっこり笑うと、三橋は意外そうな顔でこちらを見た。

「先代の執事と同じことをおっしゃいますな」

「先代様と……？」

バトラーはもともとカップベアラーとも呼ばれ、その家にある酒類を管理する役目を担っていた。時代の移り変わりとともに家の中のすべてを取り仕切るようになり、現代へと受け継がれてきたが、語源にある酒の知識と扱いについてはバトラースクールでも徹底的に学んだものだった。

自分のサービスが食卓を豊かにするだけでなく、ゲストを招いた際、パーティを開いた際に、どのワインをどんなコンディションで提供するかで主に対する周囲の評価が変わる。質の高いサービス、そしてそれを提供できる使用人を置いていることが一種のステータスになる世界なのだ。

長年御堂家を支えたベテランの先代執事と同じ考えだったと聞いて、なんだかおこがましいけれど少しだけほっとした。

「ここです」

三橋がふたつ並んだドアの前で立ち止まる。

「こちらは立石さんにお使いいただくための部屋。そしてもう片方は、セラーに続く地下階段です。さぁ、鍵をお預けしましょう」

胸ポケットから取り出されたのは鈍色《にびいろ》に光るセラーの鍵だ。この家の執事として認められているも同然で、真は深く頭を下げながら大切な鍵を受け取った。

「責任を持って管理させていただきます」

「お願いします。……さぁ、中へどうぞ。狭いでしょうが工夫して使ってください」

「ありがとうございます」

ひんやりとした真鍮《しんちゅう》のノブを回し、ドアを押し開ける。

部屋の広さは八畳ほどで、こぢんまりとしてはいるが、必要最低限の家具も入っていて使い勝手が良さそうな印象を受けた。

「ここは昔、銀食器を管理していたバトラーズパントリーを改装したんですよ」

その時の名残《なごり》だという造りつけの棚《たな》を撫でながら三橋が教えてくれる。

「それでキッチンやセラーのすぐ傍《そば》に部屋があるのですね」

「いかにも」

三橋は真の答えに満足したようだ。真はもう一度、ゆっくりと部屋を眺め回した。

廊下と同じく床にはダークブラウンのブナ材が使われ、白い壁とのコントラストがとてもきれいだ。よく見ると、白だと思っていた壁紙には青い小花模様が散らされていた。陶器に描かれることの多い矢車菊《やぐるまぎく》だろう。壁の一角では淡いサックスブルーのカーテンが木の窓枠《まどわく》に美しく映えた。

窓の手前には木製の書きもの机と椅子《いす》が一脚置いてある。入って左手には造りつけのクローゼット、右手には奥へと続く扉があった。

「そっちはバスルームです。ご覧になりますか」

真の視線を追っていたのか、三橋が後ろから声をかけてくれる。

「執事の部屋にまで備えつけられているのですね」

「まぁ、やむを得ず不規則な生活になることもあるでしょうからな。もちろん、そうならないことを祈りますが……」

三橋はすまなそうにしていたが、願ってもない幸運に真は驚くばかりだった。

主が寝入った後も、物音を気にせずシャワーを使えるのはありがたい。それに、窓から美しい庭が見えるところも気に入った。あとはアイロン台を持ちこめれば完璧だ。

「ここでやっていけそうですか」

「はい。私には充分すぎるほどです。素晴らしい環境を整えていただき感謝します」

一礼する真に、三橋はほっとしたように微笑《ほほえ》んだ。

それから、ふと思い出したというように部屋の隅に置かれたトランクを指す。

「そうだ。荷物が届いてましてね」

年季の入ったそのトランクは、かつてバトラースクールや奉公先にも持ちこんだ真の宝物だ。宅配便で送ってくれれば受け取っておくという三橋の厚意に甘え、身の回りのものを詰め、数日前に送らせてもらっていた。

「お手数をおかけして申し訳ございませんでした」

「なんのなんの。それよりも、ずいぶんと使いこまれているようですな。イギリスにもそれで？」

「はい。父から譲り受けたものなので、古くてお恥ずかしいのですが……」

「そうでしたか。いや、ものを大切にするのはいいことだ」

三橋がうんうんと頷く。今の話でなにか思い出したのか、「実は私もね」と彼が口を開きかけた時だった。

「――――！」

突如《とつじょ》、ラッパのような音が響き渡る。

驚きに肩を竦《すく》ませながら三橋と顔を見合わせた。身を強張《こわば》らせる真とは対照的に、三橋は天井を仰《あお》ぎながらやれやれとため息をつく。どうやらその原因となるものに心当たりがあるようだ。

「困ったもんだ……。ちょっと一緒に来てくれますか」

手招きをされ、連れていかれたのは二階だった。

廊下を一歩進むごとに音が大きくなっていく。誰かが演奏しているのかもしれない。

でも、誰が……？

歩きながら真は首を捻《ひね》る。

大音量が洩《も》れ聞こえる部屋の前で立ち止まった三橋は、形ばかりのノックをすると、応えも待たずに中に押し入った。

うわ――……。

その途端《とたん》、音のシャワーに呑《の》みこまれる。部屋の真ん中では男性がひとり金色のアルトサックスを奏《かな》でていた。

男性は目を閉じているせいか、真たちには気づいていないようだ。眉間に皺を寄せ、巧みに指を操《あやつ》りながら音を紡《つむ》ぎ出してゆく。彼から生まれる音色《ねいろ》は伸びやかで、気取りがなく、それでいてどこか官能的だった。

あまりに思いがけない光景につい目を奪われてしまう。

けれど三橋にとってはこれが日常茶飯事《さはんじ》なのだろう。つかつかと男性に歩み寄るなり、問答無用で耳を引っ張った。

その瞬間、ピタリと音が途切れる。目を開けた男性は三橋を見、それから真を見て、少し驚いたようにマウスピースから口を離した。

年の頃は三十代後半といったところか。

雰囲気のある人だ――というのが第一印象だった。

身長は一九〇近くあるだろうか。自分より頭半分高く、近くに寄るとぐっと見上げる格好になる。

黒いシャツの裾をパンツから出してだらりと着てはいるものの、捲った袖口から覗《のぞ》く腕は逞《たくま》しく、ボタンをふたつ開けた胸元もがっしりしている。癖のある黒髪はゆるくウェーブして襟足へと流れ、全身から男の色気のようなものが漂っていた。

仕事柄、派手な人間はそれなりに見てきたけれど、己の存在感を示したがる輩《やから》とは違い、彼の場合は身体の内側から勝手にエネルギーがあふれ出しているように見える。どこか野性的な匂いを感じさせる男らしく整った貌《かお》立ち、中でも、長い前髪の間から覗く黒く澄んだ双眸《そうぼう》にわけもわからず吸い寄せられた。

こんな人ははじめてだ。目を逸《そ》らすこともできないなんて……。

雰囲気に当てられたせいか、その場から動けずに立ち尽くす。

そんな真を男性は興味深そうに見下ろしてきた。

「ずいぶんきれいなお客様だ」

アルトサックスの低音をさらに一オクターブ下げたような、なめらかな声が耳殻《じかく》をくすぐる。この容姿《ようし》にこの声なら女性はさぞや夢中になるに違いない。

けれど、残念ながら自分は男性だ。その男に向かって「きれい」だなんて、からかっているのだろうか。

目を見返すものの真意はわからず、真はあらためて部屋を見回した。

今この家にいるのは自分と三橋、それに当主と料理人だけのはずだ。ということは、目の前のこの男性が自分の新しい主人ということになるのだろうか。

チラと三橋の方を見る。肩を竦める様子から察するに、どうやらそれが正解らしい。

三橋が真のことを新しい執事だと紹介するや、男性は自分から握手を求めてきた。

「高坂和人《こうさかかずひと》だ。よろしく」

脇に垂《た》らしていた右手を取られ、親しみをこめて握られる。

大きくて、節《ふし》くれ立った男らしい手だ。ついさっきまで楽器を操っていたからか、手はしっとりとしていてあたたかい。他人と肌を触れ合わせることなどめったにない真にとって、手のひらを通して伝わってくる体温にすら内心戸惑《とまど》ってしまった。

「ご挨拶が遅れて申し訳ございません。立石真と申します。本日より、誠心誠意お仕えさせていただきます」

不自然にならぬようお辞儀《じぎ》をしながら手を解く。主との間には目に見えない、決して踏み越えてはいけないラインがあるからだ。対等な立場でない以上、ほんとうは握手などしてはいけない。

和人は気づかなかったのか、それとも気にも留めなかったのか、にっこりと笑っただけだった。

ネックストラップからサックスを外し、専用のスタンドに立てかけるのをもの珍しく眺めながら、真はふと思いついて口を開く。

「いつも、ここで楽器を吹いていらっしゃるのですか」

和人が質問に答えるより早く、横から三橋が割りこんできた。

「この部屋は防音が利いていないからやめるよう言っても聞かないんですよ」

「隣の家まで音は届きませんよ」

「私が困るんだ。セラーでやりなさい」

「地下は音が反響しすぎて……。それに、思いっきり吹いた振動でワインが割れでもしたら悲しいでしょう？」

「まったく、ああ言えばこう言う……」

三橋が深々とため息をつく。

どうやら、今度の主はなかなか手強《てごわ》そうだ。こんなところでサックスを吹いてしまうくらいだから、思い立ったら即実行のタイプなのだろうか。

真は少し身構えながら金色の楽器を眺める。

「楽器は好きかい？」

今度は和人から訊《たず》ねられ、真は慎重に言葉を選んだ。

「はい。演奏はできませんが、聴《き》く方なら」

イギリスでは主人についてコンサートに足を運んだこともあるし、家でもクラシックのレコードをかけていたから、詳しいとまでは言えないが、そこそこ耳に馴染《なじ》んでいる方だとは思う。

「そうか」

和人は気をよくしたのか、「理解者ができた」とうれしそうに笑った。

「俺はアルトサックスが一番好きなんだ。昔、路上で吹いてたミュージシャンと仲良くなって教えてもらった」

「路上……で、ございますか」

いったいどういった経緯でそんな相手と出会うのだろう。

面食らう真にも涼しい顔で、和人は再び楽器に手を伸ばした。

「ところで好きな曲は？　歓迎のしるしにプレゼントしよう」

真が答えるより早く、三橋が慌《あわ》てて止めに入る。それを見ながら真は内心ますます首を捻った。

こういったお屋敷の主たるもの、それなりの社会的地位があるはずで、小さな頃から相応の訓練はされるはずなのだけれど……。

――新しいご主人はかなりの変わりものらしいから。

ふと、タクシー運転手の言葉を思い出す。あの時は眉を顰《ひそ》めたけれど、あながち外れではないかもしれない。

そういえば、事前に三橋から送られた契約書の中に『教育係』の文字があった。なにか専門的な勉強のサポートという意味だと捉《とら》えていたが、どうやら雲行きが怪しくなってきたようだ。

その時、軽やかなメロディが鳴りはじめる。

和人に電話のようだ。ポケットからスマートフォンを取り出した主は、「すまない」と軽く断ってから電話に出た。

「もしもし。……ああ、巽《たつみ》先生じゃないですか。お久しぶりですね」

親しい相手なのだろう、和人があかるい声で話しはじめる。それを後目《しりめ》に、真は三橋に袖を引かれ、なぜか廊下に連れ出された。

ドアを閉めるなり、三橋が軽く肩を竦める。

「予想と違って驚いたでしょう。でも、私が口で説明するより、実際会っていただいた方が早いと思いましてね」

「ご紹介いただきありがとうございました」

少々思うところはあるが、到着後すぐに目通りが叶ったのは幸いだった。

三橋がやれやれと嘆息する。

「ご覧のとおり奔放《ほんぽう》な性格でしてね。和人は当主としての教育を受けていないのです。彼がこの家に来たのはついこの間、つまり、御堂の息子になったのは先代が亡くなった後のことで」

「それは……？」

「端的に言えば義兄《あに》の隠し子です。御堂には生涯ただひとり、愛した女性がいたんです——」

昔のことを思い出しているのか、三橋はふっと遠い目をした。

「義兄がその女性と知り合ったのは、彼が跡継ぎに内定する前のことだったと聞いています。家督を継ぐに当たって身をかためるよう周囲から言われ、それならと心を決めたんでしょうな。相手の女性に結婚を申しこんで、彼はこれからの人生を順風満帆《じゅんぷうまんぱん》に生きていくつもりでいた」

そんな御堂の思いとは裏腹に、時代がそれを許さなかった。

「身分違いを理由に女性が身を引いてしまいましてね……。御堂の主になる義兄に自分はふさわしくないと思ったんでしょう。今の若い人には不思議に感じられるかもしれませんが、四十年前はなにも珍しいことではなかった」

家柄を重んじる考え方は、真がイギリスにいた頃も肌で感じたことのひとつだ。上流階級になればなるほど家同士の結びつきを重視する。

引き離されたふたりは別々の人生を歩みはじめたかに見えた。

途切れた糸が再び繋《つな》がったのは、女性のお腹《なか》に新しい命が宿っていたとわかったからだ。

「義兄は大層よろこんだ。そして女性を心配し、援助させてくれと頼んだそうです。愛しい我が子を腕に抱くことはできなくても、せめてその代わりにと思ったんでしょう。けれど、そんなことをすれば御堂の家にも義兄にも迷惑がかかってしまうと女性は断り、ひとりで産み育てたそうです」

「その時のお子様が、旦那《だんな》様、なのですね」

「そのとおり。和人はふたりの愛の結晶だった。一度も顔を見たことがなくとも、義兄は和人を大切に思っていたようです。愛した女性にしてやれなかったことをと遺書で息子を認知し、遺産のほとんどを和人が相続できるようこの私に後を任せた――」

三橋がそっと微笑む。

そのおだやかな顔を見ているうちに、彼がなぜあんなにやさしい目で和人を見るのかよくわかった。叔父と甥《おい》だからというだけではない。三橋が、和人の父親が長年抱えてきた想いを深く汲《く》んでいるからなのだ。

「結局、義兄は生涯独身を貫きました。最後まで和人の母親だけを愛してね」

「そうだったのですか」

旦那様の出生にそんなわけが……。

どうりで和人は御堂の姓を名乗らなかったわけだ。父親が亡くなってからの認知では、戸籍を替えることはできない。先代も生きているうちに和人を息子と認めたかっただろうに、そうできなかったせめてもの償《つぐな》いとして財産を遺《のこ》そうと考えたのだろう。

そんな御堂の遺言の実行に当たっては、執行人に指名された三橋がすべての調整や手続きを行っているのだという。まずは和人を探すところから着手したものの、十八歳の時に母親を亡くして以来、あちこち放浪していた和人を見つけるのに一年弱かかったそうだ。

「見つかった時はほっとしました。これで義兄の願いが叶うとね。和人も、自分に父親がいたことは知っていたようです。そこでわけを話し、できるだけのサポートをする約束でこの家に来てもらったんです、が……」

三橋はなぜか言い淀《よど》む。

なんでも、莫大《ばくだい》な遺産を相続する際の条件として、御堂の人間にふさわしく在《あ》ることと決められているのだそうだ。それは裏を返せば、大切なひとり息子がこの家の主としてやっていけるよう充分な教育を施《ほどこ》してほしいとの先代の願いでもあった。

「あなたを見こんでお任せしたい、立石さん。主人とはいえ遠慮はいりません。マナーはからっきしだと思って一から指導してやってください」

思いも寄らない話に少々面食らう。

——そういう『教育係』か……。

自分には、執事であると同時に、主人に行儀《ぎょうぎ》を教える指南役《しなん》も期待されているということらしい。こんな変わった依頼ははじめてだったが、自分を必要としてもらえるなら誠心誠意仕えるだけだと、真は大きく頷いた。

「お任せください」

マナーならバトラースクールで叩きこまれた。執事と当主の違いこそあれ、食事の仕方や立ち居《い》ふるまいなどの基本はそう変わらないはずだ。それらを教え、身につけてもらうことで、立派な主になってもらえるなら。三橋の、ひいては御堂の願いを叶えられるなら。

逆に、この仕事を途中で投げ出すようなことがあっては、自分を推薦《すいせん》してくれた祖父や、その知り合いの顔に泥を塗ることになる。それだけはできない。

この家も、主も、自分の肩にかかっている。だから後に引くわけにはいかない。

真は覚悟を決め、まっすぐに三橋の目を見た。

「旦那様に、立派なご当主様になっていただきます」

「そう言ってもらえると心強い。よろしく頼みます」

「かしこまりました」

三橋とはそこで別れ、宛てがわれたばかりの自室へ戻る。

荷解きや部屋の整理など、手をつけたいことはたくさんあったが、まずは身嗜《みだしな》みを整えなければといつもの執事服に着替えた。

後ろが燕《つばめ》の尾のように長く伸びた黒いジャケットの中に着こむのは、白いフレンチカフスシャツとグレーのベスト。首には黒のアスコットタイを巻き、ストライプのコールズボンを穿《は》く。仕上げに純白の手袋を嵌《は》めるのがバトラースクール時代から慣れ親しんできた真のスタイルだ。

この格好になると気持ちが自然と引き締まる。

「……よし、と」

手早く身の回りの整理を終え、続いて屋敷の中を見て回った。位置関係の把握に努めるとともに、急ぎ修繕《しゅうぜん》の必要な箇所がないかとひとつひとつ確認していく。その途中で家の備品に関するリストを見つけたが、ここ一年ほどは更新されていないようだった。

ちょうど一階に降りてきた三橋にそのことを伝える。

「先代の執事が引退してからはチェックする人間がいませんでしたからねぇ」

「リストは新しく作り直させていただいてもよろしいでしょうか」

「家の中のことは立石さんのやりやすいようにしていただいて結構ですよ。……あぁ、そうだ」

三橋はスーツの内ポケットから名刺《めいし》入れを取り出し、中から一枚引き抜くと、その裏にペンでなにかを書きつけた。

「なにかあったら彼を頼るといい。御堂のことを誰より知り尽くした男ですから」

渡されたのは先代執事の連絡先だ。高齢だそうなので気軽に連絡するのはためらわれたが、いざという時のお守りのようで心強かった。

「ありがとうございます」

「他にも、私にできることがあったら遠慮せずに言ってください。電話でもいいし、メールでも構いません。ここにはたまに来ますから、その時に摑まえてもらっても」

三橋が屋敷を訪れるのは今日のように用事がある時ぐらいだそうだが、真が慣れるまでは週に一度、定期的に様子を見に来ようと申し出てくれる。

「ご迷惑ではないでしょうか。それでは私の方が面倒を見ていただいているようなものです」

「なに、定年後で暇を持て余しているだけですよ。それに、あれを御《ぎょ》すのが大変なことは身に沁みてわかってますからな」

苦笑いを浮かべつつも、和人のことを『あれ』と呼ぶ眼差《まなざ》しはとてもやさしい。

だから真は恐縮しながらも、三橋の厚意に甘えさせてもらうことにした。


その日、ひととおりの仕事を終えたのが十二時過ぎ。

家中の施錠《せじょう》を確かめ、火の始末を終えて就寝前の挨拶に行くと、和人はベッドでノートパソコンを開いていた。

クッションを重ねたヘッドボードに寄りかかり、カタカタとキーボードを叩いている。

寝室は真の部屋の二倍はあるだろうか。ゆったりとしたスペースの真ん中にキングサイズのベッドが一台据《す》えられていた。リネンは落ち着いた濃紺《のうこん》でまとめられ、まるでロイヤルブルーの海のようだ。そんな中にあって、真っ白なバスローブを纏《まと》った和人の存在は一際《ひときわ》目を引いた。

昼間よりも大きく開いた胸元をサイドテーブルのランプが照らし出す。

なんだか見てはいけないものに思えて、真はそっと視線を逸らした。

「旦那様。明日は何時にお目覚めになりますか」

和人はメールでも打っているのか、画面から目を動かさないまま「適当に起きる」と返事をする。

「では、七時ということでよろしいですね。ご起床のお時間に参ります」

「なかなか強引じゃないか」

一方的に話を進めた真に逆に興味が湧《わ》いたのか、和人はようやくこちらを見た。

「そんなに早くなくてもいいんだぞ」

「規則正しい生活をしていただくことが立派なご当主様への第一歩です。さぁ、お休みのお支度《したく》を」

「まるで子供扱いだな」

追い立てる真に気分を害した様子はなく、むしろ楽しんでいるように見える。打ちかけだったメールを送信してしまうと、和人は言われたとおりノートパソコンの蓋《ふた》をパタンと閉じた。

「次はなにをするんだ？」

「お着替えをお手伝いさせていただきます」

「着替え？　それぐらい自分でできるぞ？」

「こうしたことにも慣れていただく必要がございますので」

まずは、他人に世話を焼かれることを当たり前だと思ってもらわなければいけない。

問答無用で事を進めようとする真に和人は抗《あらが》うどころか、なぜかニヤリと口端《くちはし》を持ち上げた。

「せっかくだが、寝る時はなにも着ない主義なんだ」

「……は？」

「そんなに俺のヌードが見たいなら手伝ってもらっても構わないが」

「は!?」

衝撃的な発言に目の前がクラッとなる。

——落ち着け。落ち着くんだ。

何度も自分に言い聞かせると、真は意を決して手伝う方を選んだ。これには和人も驚いたようだ。

「後ろからバスローブをお取りしますので、そのままお預けください」

和人をベッド脇に立たせ、背後に回る。裸を直視しないよう横を向いたまま言う真がおかしかったのか、和人は眉を下げながら肩越しにこちらをふり返った。

「なんだか気の毒だな」

「恐れ入ります」

和人の手で紐《ひも》が解かれ、逞しい背中の筋肉が露《あら》わになる。

いくら見ないようにしているとはいえ、実際には視界に入るもので、鍛《きた》えられた肉体に驚いていた
まさにその時、和人が身体ごとくるりとこちらに向き直った。

——！

条件反射でぎゅっと目を閉じる。

「同性なんだからそんなに慌てなくてもいいだろう。それで次は？　添い寝でもしてくれるのか？」

和人はくすくすと笑いながらブランケットを捲った。

からかわれているのだとわかり、あえて返事をしないまま真は部屋の照明を落とす。

「おやすみなさいませ」

静かに部屋を出ようとした時、「立石」と呼び止められた。

「今日は気を張って疲れたろう。ゆっくり休んでくれ」

おだやかな声に思わず足を止める。なんと答えようか一瞬迷ったものの、結局は当たり障《さわ》りのない
礼を言うに留めた。

静かに寝室を辞《じ》し、自分の部屋に戻った真は軽くシャワーを浴びてパジャマに着替える。

冷たいシーツをはぐって寝台に横になった途端、疲れがドッと押し寄せてきた。

「……ふう……」

目を閉じると今日一日の出来事が頭の中でぐるぐると回る。中でも、とりわけ和人の存在は大きな

ものだった。

新しい主はなにかと大変な人のようだ。

「――」

一瞬、この仕事は自分に務まるだろうかと弱気になりかけ、いけない、と首をふる。

自分がきちんと教育できなければ、和人は御堂の人間として認められず、先代がせめてもと遺した相続の権利を失ってしまうかもしれない。そんなことになったら自分を信用して雇ってくれた三橋に合わせる顔がないし、自分を紹介してくれた祖父にも、そして今は亡き御堂にも申し訳が立たない。

三橋から聞いた先代の話を思い出す。

御堂が生涯ただひとり愛した和人の母。ふたりの愛の結晶が和人だと。だからだろうか、和人に立派に家を継いでもらうことは、この世では叶わなかったふたりの恋を成就《じょうじゅ》させる手伝いになるような気がした。

そんなふうに、思うなんて……。

柄にもなくロマンチックなことを考える自分に戸惑ってしまう。和人にペースを崩されたせいだ。

当の和人本人は事の重大さをわかっているのかいないのか、それがいささか心配だったけれど、やると決めた以上はしっかり気を引き締めてかからなくては。

そのためにも、まずは身体を休めて明日に備えよう。

瞼を閉じた真は、いくらもしないうちにすぐに眠りへと誘われていった。

翌朝、きっかり六時に目を覚ました真は、ベッドを出るなり両開きの窓を押し開けた。その途端、爽《さわ》やかな風がさっと吹きこんでくる。見上げた空の青さに真はそっと頬をゆるめた。

「今日もいい天気になりそうだ」

庭の美しい花を見ているだけで気持ちが浮き立つ。できることなら今すぐ出かけていって、朝露《あさつゆ》を戴《いただ》く薔薇の香りを胸いっぱいに吸いこみたいところだけれど、まずは仕事が優先だ。

身支度を整《ととの》えて部屋を出ると、真は家中の窓を開けて回った。

空気を入れ換《か》え、家を目覚めさせると、次はキッチンでお湯を沸《わ》かす。料理人がいない時でもお茶を淹《い》れられるようにと、昨日のうちに食器の場所などをひととおり聞いておいたのだ。

真は慣れた手つきで沸かしたお湯をティーポットとカップに注ぐ。陶器があたたまったところで一度お湯を捨て、茶葉を入れたポットに今度は勢いよく注ぎ入れた。熱を逃がさぬようティーコージーを被せ、蒸《む》らし時間を計る砂時計を逆さまにすれば完了だ。

それらを銀盆に載せて和人の寝室へと運ぶ。

イギリスにいた頃は、主が高齢だったこともあって朝が早く、毎日四時に起きていたものだった。冬など凍《こご》えそうになりながらお湯を沸かしたことが懐かしい。暇をもらい、一度は途絶えてしまった習慣だったけれど、こうしてまた新しい主に朝の紅茶を運ぶことができるのは執事として素直にうれしいことだった。

懐かしく思い出しながらドアをノックする。

けれど応えはなく、「失礼いたします」と断って扉を開けると、案《あん》の定《じょう》、和人はおだやかな寝息を立てていた。

真は銀盆をサイドテーブルに置き、分厚《ぶあつ》い遮光《しゃこう》カーテンを開く。その途端、薄暗かった部屋の中にあかるい日差しが咲きこぼれた。

「おはようございます、旦那様。ベッドティーのご用意ができました」

寝台の傍に戻って声をかける。

和人は何度か瞬《まばた》きをした後で、やっと合点がいったというように微笑んだ。

「……おはよう。昨日はよく眠れたか？」

寝起きのせいか、声が少し掠《かす》れている。片手で髪をかき上げながら上体を起こした和人を見た瞬間、目に飛びこんできた裸の胸に、真はもう少しで声を上げそうになった。

——そうだった。この方は、なにも着ずに眠るのだった……。

動揺《どうよう》を悟られまいと、真はいそいそとお茶の支度にとりかかる。

だがすぐに、主が裸だったことを思い出して手を止めた。

「先にお着替えをなさいますか。そのままでは召し上がりにくいかと……」

「いや。せっかくだから先にもらおう」

せめて目に毒な格好を控《ひか》えてもらえればと思ったのだけれど、「下着は着けてるしな」とあっさり流されてしまう。なんとも複雑な気分のまま、真は意を決してお茶の支度を続けた。

砂時計が落ちきると同時に、ティーポットからカップに紅茶を注ぐ。

昨夜《ゆうべ》和人にお茶の好みを聞いたところ、「おまえに任せる」とのことだったので、すっきり目覚められるようにとダージリンのファーストフラッシュを用意した。淡い水色《すいしき》がカップを満たすにつれて青々とした香りが立ち上りはじめる。それをソーサーに載せて差し出すと、和人は「ありがとう」と礼を言って受け取った。

さっそくカップに口をつけた和人が、こちらを見てにっこり笑う。

「うまいな」

「恐れ入ります」

「あぁ、そういえば昨日はおまえの夢を見た」

意外な言葉に、真はティーストレーナーを片づけていた手を止めた。

それが事実だったとしても、昨日会ったばかりの相手に言うにはやけに親しげな言葉のように思う。とはいえ、普通の考え方は通用しないのかもしれない。

「リラックスした時間をお過ごしの時にお邪魔をいたしました」

「いや、なかなか楽しかった」

含み笑いながら紅茶を味わう和人を見つつ、真は内心首を捻るばかりだった。

どうも摑みどころがない。自分はこの方をほんとうに理解できるのだろうか……。

ついそんなことを考えてしまい、真は慌てて己を戒《いまし》めた。

「お召し替えを」

空になったカップを受け取り、和人をベッドの外へと追い立てる。

本来であればそれなりにきちんとした服装をしてほしいところだけれど、和人がどうしてもと主張するので、白いコットンシャツにデニムというラフな格好に落ち着いた。なんということのない組み合わせだけれど、和人にはよく似合っている。あかるく開放的なイメージで、恵まれた体軀《たいく》によく映えた。

だが、爽やかであればあるほど、由緒《ゆいしょ》ある家の主という印象から遠ざかる。

――そういえば、普段はどんなことをされているのだろう……。

ふと気になって仕事を訊ねてみると、和人は首を傾げながら苦笑を返した。

「あえて言うなら、なんでも屋ってところか」

それにしてもよく笑う人だ。

真にとっては笑って流せるような内容ではないが。

「具体的なお仕事の内容を教えていただいてもよろしいでしょうか」

「聞いてもあまりおもしろい話じゃないと思うぞ？」

それでもと乞《こ》うと、和人はようやく口を開く。

「ざっくり言うと、先代がやってたことを全部引き継いでる。投資と資産運用がメインだが、一年前までそういうこととは無縁に生きてたからな、情報収集するだけで骨が折れる。金持ちっていうのは大変なもんだ」

決して自慢話ではなく、本気でそう思っているだろうことがその表情から窺い知れた。

「それ以外にも慈善活動を引き継いだり、三橋さんから押しつけられた家の資料を頭に入れたり……。読んでるうちに眠くなるって意味じゃ、これが一番辛くもあるな」

「そんなことをおっしゃらずに、きちんとお勉強なさってください」

「おまえまで三橋さんみたいなことを……」

和人が大袈裟《おおげさ》に肩を竦める。

「試《ため》しにおまえも見てみるか？」

そう言って見せてもらった中には釣《つ》り書きもあった。古くから続く家のようで、かなり前の代まで遡《さかのぼ》ることができる。その一番下、先代の名前の下に、新たに和人の名がつけ加えられていた。

また、家系図によると三橋には三人の息子がいるらしい。

「御堂の血は、俺と、この三人に引き継がれてるってことだ」

「……旦那様？」

どういう意味だろう。

確かにそれは事実だろうけれど、なぜ今、あえて言葉にしたのか。

どこか意味深なものを感じて気になったものの、聞いていいかまごついているうちに話題は切り替わり、結局それきりになってしまった。


朝食の後はさっそくレッスンを開始した。

まずは現状を把握しようと簡単な質問からはじめたのだけれど、真の頭にはすぐにレッドアラートが鳴り響くこととなった。

和人は食事の作法こそきちんとしているものの、それ以外が目も当てられない。これからは人前に出る機会も増えるだろうと正装の知識を確かめたところ、ビジネススーツとフォーマルスーツの違いがわからないどころか、ネクタイすら自分で結んだことがないという恐ろしい事実が判明した。けれど、当の本人には特に気にする様子もない。

「おまえはそんな面倒そうなものを毎日ピシッと着てすごいな」

「お褒《ほ》めに与《あずか》りまして……」

思わず眩暈《めまい》がしそうになり、真はなんとか己《おのれ》を奮《ふる》い立たせた。

――さて、どうしたものか。

一方的に説明したのではすぐに飽《あ》きてしまうだろうし、やはりここは実践で覚えてもらうしかない。

そこで真は、三橋が用意してくれたというビジネススーツ一式を持ち出すことにした。

「実際に着てみていただいて、ひとつずつ覚えてまいりましょう」

もの珍しいのか、和人は今のところ興味深げにスーツを矯《た》めつ眇《すが》めつしている。まずは思ったようにやってみてくださいと言うと、彼はいきなり素肌《すはだ》の上にワイシャツを羽織《はお》ろうとした。

「旦那様、お待ちください」

「最初はこれじゃないのか？」

「アンダーシャツがあった方がよろしいかと。夏は汗を吸収し、冬は防寒にもなります」

「そうか」

手渡されたものを大人しく身に着けた和人は、あらためてシャツに袖を通し、トラウザーズをサスペンダーで吊る。

そこまではわりと順調だったのだけれど、ネクタイだけは見よう見真似が難しいようで、和人は徐々に顔を顰《しか》めはじめた。向かい合わせでお手本を見せているせいかもしれない。

「待ってくれ。これはどっちが上なんだ？」

「長い方が上です。こちらの手で合わせ目を押さえ、こう、くるっと二度巻きつけていただいて……」

「うん？　今どこを通した？」

「ですから、この……」

やればやるほど頭が混乱するようで、和人のネクタイは早くも皺だらけになっている。サックスはあれだけ器用に吹くくせに、細長い布ひとつに苦心している和人が真にはむしろ不思議だった。

とはいえ、こうなるとなんらかの打開策が必要だ。

「旦那様。私が一度、実演させていただきます」

姿見《すがたみ》の前に椅子を持ってきて和人を座らせ、二人羽織《ににんばおり》のように後ろから手を伸ばした。これなら身長差も困らないし、普段自分でするように結ぶことができる。

「よく見ていてくださいね。まずは、左右の長さをこれぐらいのバランスで取り……」

ポイントを説明するたび、鏡の中の和人に理解できたかどうかを確かめる。幸いにも思ったことが顔に出やすい主は、わからない時はそうと言う前にその表情からなんとなくわかった。

ていねいに解説しながら真は手を動かしてゆく。

その時、和人の項《うなじ》からふわりと甘い香りがした。

バニラにスパイシーなアクセントを加えたような、独特の香り。彼がつけている香水かもしれない。それが和人の体温によってあたためられ、整髪料の匂いとも混じってほのかに立ち上ってくる。

身嗜みの一環として海外では広く認知されているものの、日本で香水をつける男性は多くはない。そういえば寝る時も裸同然の格好だったし、向こうの文化に馴染みでもあるのだろうか……。

不覚にも、艶《なま》めかしい上半身を思い出して手が止まる。

——いけない。

いくら記憶に強く残ったとはいえ、こんな時に思い出すなんてどうかしている。

真は雑念を払い、再び手を動かしはじめた。

二重に作った輪の中に大剣を通し、ノットを潰さないよう気をつけながら小剣を引く。最後に軽くディンプルを整えてやると、和人は「うまいもんだな」と感心したように目を輝かせた。

もう一度和人を立たせて胸元にタイバーを嵌め、その上からベストを着せる。ボタンを留めていた真が最後のひとつを残して手を離すと、和人は不思議そうに首を傾げた。

「最後までやらなくていいのか？」

「アンダーボタンマナーという正式な作法です。ジャケットも同様とお考えください」

スーツは往々《おうおう》にして、一番下の飾りボタンを外した状態が最良のシルエットになるよう仕立てられている。逆に、すべてのボタンを留めてしまうと不自然な皺が寄ってしまい、美しく見えないのだ。

説明すると、和人はしげしげとベストを見下ろしながら、真が留めたボタンをひとつひとつ指先でなぞった。

「……誰かにボタンを留めてもらうなんて、子供の頃にもなかったな」

「お母様には？」

和人がゆるく首をふる。

「女手ひとつで俺を育てるために昼夜関係なく頑張ってくれてたからな……。できることは全部自分でやるって決まりだったから、あまり甘やかされた記憶はないんだ」

「あ…」

失言だった。謝る真に、和人は苦笑とともに首をふった。

「そんなに気を遣《つか》わなくていい。確かに寂しいと思うことはあったが、母が俺を愛してくれてたのはちゃんとわかってた。苦労をかけた分、大きくなったら親孝行したいと思ってたのにな……」

和人がふっと遠くを見る。彼の胸にも父親同様、叶えられなかった無念があるのだ。

ならばと、背中を押すつもりで真は口を開いた。

「ご両親の架《か》け橋として、立派なご当主様になられることがご恩返しになるのではないでしょうか」

「そう…だろうか」

「はい。ですから、そのためにもレッスンはビシバシやらせていただきます。三橋様からも遠慮なくと言われておりますし」

「……本気か？」

たちまち和人が渋面《じゅうめん》を作る。

真は咳払《せきばら》いでそれを指摘した。

「旦那様。レッスン中は社交の場と同じとお考えください。不機嫌な顔を見せてはいけません」

和人が欠伸《あくび》をすればそれを注意し、腕を組めばそれも叱る。ポケットに手を入れればそれを窘《たしな》め、片足に重心を置いて立てばそれも諫《いさ》めた。和人の場合、禁じなければならないことがたくさんある。

声を荒げても、肩を竦めても、ため息をついてもいけないと言うと、とうとう和人は音を上げた。

「どんな罰ゲームだ……俺になにか恨みでもあるのか……」

「私のいたイギリスでは紳士の嗜みでしたよ。自分の感情をコントロールしてこそ一人前です」

かつて大英帝国のもと貴族文化が発展した影響で、今なお上流階級の男性には紳士的であること、そして社交的であることが求められる。それが英国紳士としてのプライドであり、伝統なのだ。

「ですが、なにも堅苦しいことばかりではありません。お茶や庭を愛する気質は我々日本人にもよく似ています。私も、本場で紅茶や薔薇に魅せられたひとりです」

なにげなく続けた一言に、和人がぱっと表情をあかるくした。

「はじめて、おまえのことを話したな」

「え?」

とっさには言われた意味がわからなかったものの、すぐに執事の分際で余計なことを言ったのだと気づく。

「出すぎた真似をいたしました」

「違う、そうじゃない」

逆にうれしかったんだと言われ、ますます混乱してしまった。

「そうか、おまえはイギリスが長かったのか。だから俺にも紅茶を淹れてくれたんだな」

呑気《のんき》に笑う和人を前に、ベッドティーの意味もわからず飲んだのかと今度は真の方が驚かされる。

けれど、それもしかたのないことだと思い直した。

これまでそういう暮らしをしたことがなければ無理もない。これから少しずつ慣れてくれればいいのだ。マナーと同じように、当主としての生活にも馴染んでいってくれれば、それで。

「なぁ、イギリスにいた頃の話をもっと聞かせてくれないか」

和人が目を輝かせている。

だめ出しが続いたレッスンに飽きたところで、いい気分転換の材料を見つけたと思ったのだろう。あるいは、イギリスの暮らしに興味があるとか。紳士の嗜みについて詳しく知りたいとでも……？

いや、それはないだろう……。

立ち居ふるまいの初歩の初歩ですら音を上げたような方なのだ。座った時には上着のボタンを外し、立った時にはこれをかける。屋外にいる時はフラップを出し、室内に入ったらこれをしまう。そんなことを言いはじめたら発狂するに違いない。いずれは鍛えて差し上げなければならないけれど。

「いつかお話しできる機会があるといいですね。……さぁ、レッスンに戻りましょう」

にこやかに雑談を切り上げる。

和人は目に見えてがっかりしていたが、今はおさらいの方が大事だ。

真はりきって正しい姿勢の作り方からもう一度講義をはじめるのだった。

＊

着任して数日が過ぎ、ようやくひととおりのことに慣れてきた真は、なにかあったら頼りなさいと教えられた先代執事の九重《ここのえ》に電話を入れた。

できることならば直接挨拶に伺《うかが》いたかったのだけれど、他に使用人のいない屋敷をそうそう留守にするわけにはいかない。電話の挨拶で申し訳ないと詫《わ》びる真に、三橋から新しい執事のことを聞いていたらしく、九重は嗄《しゃが》れた声で歓迎してくれた。

「よく御堂家に来てくださいましたね」

御年《おんとし》九十と聞いているが、想像したよりずっとしっかりした声をしている。やわらかでありながら凛《りん》とした話し方がとても印象的な人だった。

来たばかりの屋敷で困っていることはないか、わからないことはないかと気にかけてくれ、真が備品リストを見つけたことを話すと、九重はこちらの様子が見えているかのように「もう数が合わなくなっていたでしょう」と答えた。

きっと電話の向こうでも苦笑しているのだろう。顔を合わせたことはなくとも、やさしい面差《おもざ》しが目に浮かぶようでほっとした。

九重から新しい当主のことを聞かれ、なんと答えたものかと言い倦《あぐ》ねているうちに、ふふっという笑い声が届く。

「その様子だと、なかなかやんちゃのようですね」

図星《ずぼし》を指され、思わず言葉に詰まった。

「教育係をしていると三橋様から聞いていますよ」

「はい。実は……」

レッスン初日の様子を語って聞かせると、九重は「それは豪儀《ごうぎ》な」と声を立てて笑った。

「なるほど。私の質問に詰まるわけだ」

「ま、まだはじめたばかりなのです。これからしっかり身につけていただきます」

つい和人を庇《かば》うようなことを言ってしまう。この先大丈夫だろうかとあれだけ思ったはずなのに。

「そうですね」

けれど九重はそれ以上は追及せず、やさしい声で真を諭《さと》した。

「先代は、それは立派な方でした。その方の血を引いていらっしゃるのだから、和人様もきっと素晴らしいご当主様になられますよ。はじめはうまくいかないこともあるでしょうが、どうかお支えして差し上げてください」

「はい。必ず」

「力強い声だ。あなたがいい心根《こころね》を持っている証拠です。きっとうまくいきますよ」

九重にそう言ってもらえると、ほんとうにそうなるような気がしてくる。

——しっかりやらなくては。

ゆっくり息を吐きながら心に誓った。

「そういえば、『御堂家覚書《おぼえがき》』は読みましたか」

九重が思い出したように訊ねてくる。なんでも、引き継ぎができないことを心配し、新しく着任した執事が困らないようにとこの家でのノウハウを一冊にまとめ、引き出しに入れておいたのだという。

「それでも足りないこともあるでしょう。困ったことがあったら、いつでも遠慮なく連絡しておいでなさい。私は毎日が自由時間のようなものですから」

「九重様……」

ここまで言ってもらえるなんて、なんと心強いことか。

「旦那様のご入り用のものをどこで調達しようかと思っておりました。大変助かります。ありがたく活用させていただきます」

あらためて真が礼を述べると、電話の向こうで九重がほっと息をつくのが聞こえた。

「先代はずっと、たったひとりの忘れ形見《がたみ》——和人様のことを気にかけておいででした。その大事な方のもとに、立石さんのような方が来てくださってほんとうによかった。先代とともに私からも、よろしくお願い申し上げます」

その言葉に、先代と九重の深い絆《きずな》を感じる。自分と和人もこんなふうになれるだろうか……なれたらいいなと強く思った。

「今頃は庭の薔薇が美しく咲いていることでしょう。仕事を楽しむのも務めのうちですよ」

九重はそう言って話を締め括《くく》る。

感謝を伝えて受話器を置いた真は、すぐさま自室に取って返した。着任後慌ただしく過ごしていたせいで、サイドテーブルまで気が回らなかったことが悔やまれる。

引き出しを開けると、そこには一冊のノートが入っていた。御堂家が代々使用しているものやその取り寄せ先、親交のある相手先の家族構成までていねいな字で綴《つづ》ってある。

「すごい……」

ここまで綿密な引き継ぎをしてもらえるなんて思いもしなかった。九重が御堂家を心から大切に思っていた証だろう。

執事の鑑《かがみ》のような人だ。見習わなければ。そして、この人の思いを継がなければ——。

大きく息を吸いこみながら頭を上げる。窓から差しこむ光に目を細めた真はふと、そういえば、と思い出した。

九重も気にかけていた薔薇を育てている庭師とはまだ挨拶できていない。家の中のことで精一杯で、うまく時間を合わせられずにいたのだ。

今なら少しだけ余裕がある。そう思って窓の外を見ると、遠くで水を撒《ま》いている男性の背中が目に入った。

真は急いでノートをしまい、庭に駆け出す。こんな時、外履きで生活していると靴の脱ぎ履きがなくてとても助かる。

「お忙しいところすみません」

後ろから声をかけると、ふり返った男性は驚いたように肩を跳ね上げた。

「うわっ。すいません！」

大きな声とともに、手にしていたホースから勢いよく水が噴《ふ》き上がる。とっさに避けなければ頭から水を被るところだった。

「大丈夫ですか？　水かかりませんでした？」

「ええ、なんとか」

焦《あせ》って真の服を見回していた男性は、大事ないことを確認して「ふう」と安堵《あんど》のため息をついた。

「テンパっちゃってすいません」

そう言って照れ笑いしながらホースの水を止める。

見たところ自分より少し若いくらいだろうか。この家では珍しく長袖のTシャツにツナギの下半分だけを穿き、袖を腰の辺りで結んでいる。今時の若者のように屈託《くったく》なく笑うのが印象的だった。

「こちらこそ、驚かせてしまって申し訳ありませんでした。ご挨拶をと思いまして」

真が自己紹介をすると、庭師もぺこりと頭を下げる。

「葉崎《はざき》といいます。父の代から庭を任せてもらってます」

「それなら、ここの方たちともずいぶん長く一緒に働いていらっしゃるんですね」

「そうすね。父の頃から数えれば何十年ってつき合いで」

九重とも仲が良かったそうで、真が電話で話したと言うと、葉崎はうれしそうに八重歯《やえば》を覗かせた。

「九重のじいちゃん元気でした？」

先代が亡くなった時は見ているのが辛いほど落ちこんでいたから、隠居後も寂しくしているんじゃないかとずっと気になっていたそうだ。

やさしい人だ。サバサバした口調ではあるが、あかるくて、なにより人懐っこい。

九重の話をしたからか、葉崎は思い出したように口を開いた。

「それにしても、立石さんみたいな若い人が来るとは思いませんでした。俺にとって執事っていうとじいちゃんのイメージなんで」

「私も、こんなに素敵なイングリッシュガーデンを管理されている方が自分と同年代で驚きました。本場でもここまでの庭はなかなかありませんから」

「いやいやいや、なに言ってんすか。褒めすぎですって」

葉崎は手に持ったままのホースを盛んにふり回す。中に残っていた水が飛び出してちょっとした騒ぎになり、それが落ち着くや顔を見合わせて笑ってしまった。

「そういえば、九重様が薔薇を気にかけておいでしたよ」

「じいちゃんが？」

「今頃は庭の薔薇も美しく咲いていることでしょう、と」

先代執事の言葉を伝えると、葉崎は褒められた子供のように得意げに笑った。

「じいちゃんが好きだったのが、このチャーリーブラウンって品種です。こいつが咲くとね、いつも真っ先にじいちゃんに報告しに行ってたんすよ。一番最初に見たいだろうからって」

花を見る葉崎の眼差しはとてもやさしい。きっと、九重の顔を思い出しているのだろう。

淡いアプリコットと落ち着いたブラウンを合わせたような、シックでアンティークな印象の薔薇。

九重も、この花を瞼に思い浮かべているに違いない。

「今年もきれいに咲いたのにな。見せてやりたいなぁ」

だからだろうか、葉崎のなにげない一言にピンときた。

「それなら切り花にして、クール便でお送りしてはいかがでしょう」

「クール便？　萎《しお》れたりしない……？」

「かかる日数は一日ですし、低温で輸送すれば鮮度は保たれると思います。せっかくですから一緒にお手紙もお入れになれば、もっとよろこんでいただけると思いますよ」

「うわ、すごい。それやりましょう。すぐやりましょう」

葉崎は大乗り気だ。腰に下げていた革《かわ》のケースからさっそく剪定鋏《せんていばさみ》を取り出したところで、ちょうど和人が通りかかった。

「ずいぶん楽しそうだな」

「旦那様。お仕事はよろしいのですか」

今日は一日、部屋でパソコンに向かうと聞いていたけれど……。

首を傾げる真に、和人は肩を竦めて応《こた》えた。

「たまには休憩も必要だろう？　外を見たら、ふたりが楽しそうに水浴びしてるのが見えたからな」

「げっ。ち、違いますよ」

葉崎が慌てて首をふる。どうやらホースをふり回していたのを見られてしまっていたらしい。

和人はくすくすと笑いながら「じゃあ、どんな話をしてたんだ？」と目で問いかけてくる。真が九重と薔薇の話をかい摘《つ》まんで伝えると、和人は一も二もなく頷いた。

「いいアイディアじゃないか。ぜひやってくれ」

「やった。高坂さんのオッケーが出た」

葉崎はガッツポーズを決めると、うきうきと薔薇を採《と》りに行く。その後ろ姿を見遣《みや》りながら和人が苦笑交じりに呟いた。

「あんなにうれしそうな葉崎を見るのははじめてだな」

「そうなんですか。今日はじめてご挨拶をさせていただきましたが、気さくでいい方ですね。九重様のこともとても慕《した》っていらっしゃって……」

「薔薇を送るのは立石のアイディアなんだろう？」

視線の先では、葉崎が両手いっぱいに薔薇を摘んでいる。それを見ているだけで笑みが洩れた。

「やさしいんだな」

「……え？」

どこか艶めいた声に、思わず和人の方を向く。いつからそうしていたのか、じっとこちらを見つめる漆黒《しっこく》の瞳と目が合った。

旦那様……？

思わずドキリとしてしまい、慌てて視線を元に戻す。

「私は、なにも……。葉崎さんのお手伝いをさせていただいただけです」

「それをやさしいって言うんだ。謙虚《けんきょ》なところもおまえらしい」

和人がくすりと含み笑った。それがやけにくすぐったくて、落ち着かない自分を戒めるように真はしゃんと背を正す。

和人はなにか思いついたのか、ちょうど戻ってきた葉崎に声をかけた。

「すまないが、鋏を貸してくれ」

「鋏？　なんか切るなら俺がやりましょうか？」

「いや、大丈夫だ」

剪定鋏を受け取った和人がさっそく花に手を伸ばす。どうするつもりだろうと不思議に思って見ていると、短く切った一輪の白薔薇をすっと目の前に差し出された。

「私に……ですか？」

「おまえには白が似合うと思うんだ」

にっこり笑った和人の手で真の胸ポケットに薔薇が挿《さ》される。

その途端、甘い芳香が立ち上ってきた。濃厚なダマスクの中に蜂蜜《はちみつ》とレモンが混ざったような複雑な香りだ。葉崎がネアージュ・パルファンという品種なのだと教えてくれた。

「あぁ、思ったとおりだな」

「旦那様……」

こんなことをなさってはいけませんとほんとうは窘めなければいけないのに、うれしそうな和人を前に言葉が出ない。ただの気紛《きまぐ》れだとわかっていてもどうにも落ち着かなくなってしまう。けれど迷っているうちに話は切り上げられてしまった。

「さて、そろそろ仕事に戻るか」

ほんとうは行きたくないけどと苦笑しながら和人が伸びをする。

それに笑いながら葉崎も道具を片づけた。

「それじゃ、俺もじいちゃんに手紙書いてこようかな。……立石さん、後で花と手紙持っていくんで送るの手伝ってもらえます？」

「かしこまりました」

結局、肝心《かんじん》なことを言いそびれたまま真も自室に戻る。

ドレッサーの前を通りかかり、姿見に映《うつ》った自分の姿をじっと見つめた。胸に花を挿すなんてはじめてで、なんとも落ち着かない。これをどうしたものかと少し考えてから、真は一輪挿しに活《い》けることにした。このままでは枯れてしまうし、なにより花に罪はない。

アンティークデスクの上に飾った花のおかげで、いつもの空間が少しだけ特別なものになったように感じる。顔を寄せると、薔薇の香気に誘われるようにして和人の言葉が頭を過《よ》ぎった。

——やさしいんだな。

彼の眼差し、彼の声までが鮮やかに甦《よみがえ》る。

その途端、またも胸がドキッとなった。

「あ……」

鼓動《こどう》は徐々に激しさを増し、波紋のように伝わっていく。どうしてそうなるのかはわからなかったけれど、不思議と嫌《いや》な気持ちはしなかった。

真はじっと薔薇を見つめる。

なんだか、変だ……。

和人に見つめられているようで落ち着かない。こんなことでは、部屋にいる間ずっとそわそわすることになってしまう。

「いけない。仕事を」

気を紛らわせるべく、真は机の上に帳簿を開いた。

葉崎が来るまでの間に一仕事終えてしまわなければならない。収支を計算し終えたら備品リストを整えて、それから買いもののメモを作って……。

集中しようと大きく息を吸いこんだ途端、ダマスクの香りに意識を削《そ》がれる。まるで和人が「それより楽しいことをしよう」と誘っているかのようだ。

「いけませんよ」

つい独《ひと》り言《ごと》を呟《つぶや》いてしまい、真は思わず苦笑を洩らした。

自分の方こそしっかりしなければ。

なおもゆるみそうになる頬を抑《おさ》えながら、真は再び帳簿に目を落とすのだった。


赴任《ふにん》初日に約束したとおり、三橋は定期的にやって来ては、なにかとふたりを気にかけてくれた。

まだ日が浅いとの配慮からか、和人の教育の進捗《しんちょく》状況について口にすることはないが、きっと気になっているだろう。そこで今日は三橋も交え、来客対応も兼ねてお茶のレッスンをすることにした。

いつも嗜んでいる紅茶に加え、日本茶や中国茶、コーヒーに関しても、ひととおりの知識と作法を身につけてもらう必要がある。

三橋をサロンへと案内していると、和人が花瓶《かびん》から薔薇を一本取り、茎を短く折って自分のスーツの胸ポケットに挿した。つい先日、真にしたのと同じだ。

「俺には似合うか？」

凛と咲く白薔薇は光沢のあるダークグレーのスーツに映え、和人の男らしい魅力をいや増している。

思わず見とれそうになる己を制し、真は得意げに笑う和人を窘めた。

「レッスン中はお預りいたします」

「残念」

胸ポケットから花を取り上げ、花瓶に戻す真に和人が軽く肩を竦める。

どうにか和人たちを席に着かせ、軽く咳払いをすると、真はまずは座学《ざがく》からと講義をはじめた。

「お茶の歴史は古く、中国では不老長寿の霊薬として飲まれていました。庶民に普及したのは唐《とう》の時代と言われ、宋《そう》代に下ると『散茶』と言われる、いわゆる茶葉の状態のお茶が広まったと言います。この頃に生まれた『点茶』の文化は明《みん》代頃には廃《すた》れてしまいますが、日本では今でも抹茶《まっちゃ》が飲まれていますね。緑茶は言わずもがなです」

和人がさっそく首を傾げる。

そこで真は、お茶を淹れる仕草をしてみせた。

「ちなみに、いつも飲まれている紅茶ですが、中国が発祥の地であることはご存知でしたか」

「そうなのか？　スリランカ辺りじゃないのか？」

思ったことが顔に出やすい主は何度も瞬きをくり返している。

「そう思われている方も多いのですが、中国武夷山《ぶいさん》で作られる正山小種《ラプサンスーチョン》が最初だと言われています。十九世紀にインドでアッサム種が発見されるまでは、中国が紅茶の一大生産国でした。キーマン、という名前をお聞きになったことはございませんか？」

「確か、紅茶の……？」

「はい。祁門《キーマン》はダージリン、ウヴァと並ぶ世界三大紅茶と言われています。古くからイギリス王室をはじめ、ヨーロッパで愛飲されてきました」

「…………」

「旦那様、どうかなさいましたか」

顔を覗きこむようにすると、和人は「いや」と言葉を濁しながら苦笑した。

「とても興味深い話ではあるんだが、なにせ実感が湧かなくてな。実際に飲ませてもらえるとうれしいんだが……」

なるほど、そういうところは和人らしい。

「確かに、和人には座学より効率が良さそうだ」

三橋も納得がいったというようにくすりと笑った。

「かしこまりました。少々お待ちくださいませ」

真は一礼してキッチンに向かう。先日、最高級の祁門を取り寄せたばかりだ。あのミントグリーンの缶を開けるのにちょうどいいタイミングだろう。

ていねいに淹れたお茶をワゴンに載せて部屋に戻る。

目の前に紅茶を置くと、和人は白磁《はくじ》のティーカップを一目見るなり、ぱっと顔を輝かせた。

「この家にもこんなものがあったのか。これでお茶を飲めるとは思わなかったな」

両手でカップを持ち上げ、矯めつ眇めつしている。その表情はさっきまでとは打って変わって生き生きとしており、興味を抑えられないようだった。

――もしかして、わかるのだろうか。

和人たちに出したのは、今日はじめて使うティーセットだ。

世界に名だたる一流ブランドの品ではあるが、デザイン自体はシンプルに白一色で絵つけもなく、これという手がかりはとても少ない。よほど陶器が好きでなければわからないだろう。真自身、御堂家のサイドボードにこのカップが眠っているのを見た時は、思わず底の刻印を確かめたほどだ。

それを、一目見ただけで……？

和人は目を細めた後で、カップを目の高さまで持ち上げてみせた。

「ベッキオだろう？」

「よくおわかりでしたね」

ほんとうに当てた。それも、一発で。

驚く真に、和人は照れたように笑った。

「イタリアに行った時にいろいろ見せてもらう機会があってな。素晴らしいと思ってじっと見てたら、あんまり離れなかったせいか、さすがに気持ち悪い顔をされた」

「それだけで覚えられるものなのですか」

「ほんとうに気に入ったら忘れない。それが陶器でも、酒でも、あるいは人でも、ほんとうに好きになったら絶対にな。触れてしまえばすぐにわかる」

和人はさらりと言った後で湯気の立つ紅茶に顔を近づける。深みのある赤褐色の水色《すいしき》を見た後は、目を閉じて心ゆくまで香りを楽しみ、さらに一口飲んでその豊かな味を味わった。

「あぁ、これはうまいな……。お茶の色から想像したより渋みが少なくて、少しスモーキーな印象がある。なにより驚いたのはこの香りだ。エキゾチックで、癖があって……蘭《らん》の花のような」

驚いた……。

このお茶を出すのははじめてだというのに、彼は特徴をすべて正確に捉えている。誰かに教わったことがあるのかと訊ねると、和人は不思議そうな顔で首をふった。

「俺は思ったことを言っただけで、詳しいことはなにもわからないぞ？」

「そちらが祁門でございます」

「そうか、これか。気に入った。俺の目利きは合ってたか？」

「はい。完璧でした」

和人はうれしそうに微笑みながら二口、三口と紅茶を味わっている。そんな彼を見ているうちに、真は、自分はこういう楽しみ方とは無縁だったとふと思った。

自分はいつも知識先行型だ。必要な事柄をひととおり頭に入れた後で、検証のために体験をする。だからこんなふうに目や舌だけを頼りに物事を楽しんだこともなければ、見極めた経験もない。

昔から石橋を叩いて渡るタイプなのだ。和人がやけに眩《まぶ》しく見えた。

「あ……」

その時、来客を告げるベルが鳴った。正確には、ベルに連動した小型受信機のバイブレーションが真のポケットの中で振動した。

「お客様がいらしたようです」

真はふたりに一礼して玄関に向かう。

通いの業者が来る時間ではないし、今日は来客の予定もない。誰だろうと思いながら急いで出ると、ドアを開けた先には見たこともない老人が三人立っていた。

「恐れ入りますが、本日はどういったご用件でしょうか」

「……」

やんわりと訊ねてみても答えはない。皆一様に口をへの字に曲げ、苛立《いらだ》ちを隠しもしないところを見ると、よほど腹に据え兼ねているものがあるようだ。

取り次ぎのため名を訊ねても「主に用がある」の一点張りで真を押し退《の》け、ズカズカとエントランスホールに乗りこんでくる。

実力行使を阻止《そし》しようとするのが気に食わないのか、しまいには「儂《わし》らの顔も知らないで執事が務まると思っているのか」などと暴言まで吐かれる始末だ。それをなんとか宥《なだ》め賺《すか》して応接室に通し、和人たちのところに取って返した。

事の次第を話すなり、三橋がげんなりと顔を顰める。

「実は、面倒な親戚《しんせき》がいましてね……」

それも遠縁の遠縁に当たるような、御堂家とはほとんど関係のない人間だと言う。

先代亡き後、彼らが声高に自分たちの権利を主張したせいで、遺産相続で揉《も》めかけたのだそうだ。

たとえ遺言状が存在しなかったとしても彼らの懐《ふところ》に入るものはなにもないのだが、某《なにがし》か毟《むし》り取る権利があると信じて疑わず、たびたびこうしてやって来ては嫌がらせのように居座っていくらしい。

「ここ半年はこんなことがなかったから、ようやく落ち着いたと思っていたんだが……」

三橋が大きくため息をつく。ただでさえ遺言の調整に、執行にと多忙な上、さらに心労が重なった彼が気の毒でしかたなかった。

けれど残念ながら、こういう人間はどこにでもいる。そして執事という仕事をしていれば高確率で遭遇《そうぐう》する。資産を有するということは、こうした輩も引き寄せてしまうものだということを真はこれまでの経験からつくづく学んだ。

老人たちから見て和人は、遺産を横取りした人間に映っているのだろう。

旦那様が嫌な思いをしないといいけれど……。

そっと和人の様子を窺った真は、思いがけない光景に我が目を疑った。和人が不敵に口端を上げ、自信たっぷりに笑っていたからだ。

なんだか、嫌な予感がする。うまく言えないけれど、とても。

「急なことですし、今日のところはお引き取りいただいてはいかがでしょう」

「いや、大丈夫だ。会おう」

提案をはね除けた和人は立ち上がり、そのまま部屋を出ていってしまう。三橋も援護するつもりかそれに続いた。

こうなってしまうと止めるすべはなく、ハラハラしながら後を追う。ふたりが応接室に入ったのを見届けると、真はひとりお茶の支度のためキッチンに向かった。

湯を沸かしながら先ほどの老人たちを思い出す。

まともに話が通じる相手とはとても思えないけれど、和人はどうするつもりだろう。煽《あお》ったりでもしたら余計拗《こじ》れてしまう気がする。いくらこの家とほとんど関係のない人間とはいえ、いや、関係がないからこそ、根も葉もない噂を立てられでもしたら厄介《やっかい》なのだ。

悶々《もんもん》とする真の耳に、さっそく老人たちの怒鳴り声が飛びこんでくる。エントランスホールを挟《はさ》んで反対側にあるキッチンにまで届くというのだから相当なものだ。

「旦那様……」

もはや気が気ではない。

五人分のティーセットを載せたワゴンを押して応接室に入ると、そこにはまさに席を立たんばかりの勢いで和人を罵倒《ばとう》する三人と、緊迫した空気に渋面を浮かべる三橋、そしてひとり落ち着き払った和人がいた。

ゆっくりと相槌を打ちながら、相手の目を見て話を聞く姿勢は以前真が教えたとおりだ。

けれど逆上している老人たちは馬鹿にされたと思ったのか、口角泡《こうかくあわ》を飛ばす勢いで説教を続ける。

言っていることは支離滅裂《しりめつれつ》だが、要約すると「財産の生前贈与をしろ」ということらしかった。

生前、自分たちは何度も御堂を助けてやった。それなのに礼のひとつもせずに死んだ挙《あ》げ句《く》、突然息子とやらが現れて横からかっさらっていくのは道理に合わない。それなりの恩返しをしろ。聞いているだけで頭が痛くなる話だ。三橋の表情を窺う限り、「助けてやった」ということの信憑《しんぴょう》性《せい》さえ疑わしい。

けれど和人はいっさい反論せず、真摯《しんし》に耳を傾け、相手の言い分が出尽くした頃合いを見計らってオウム返しに復唱した。

老人たちは、自分たちの主張を相手が受け入れたと感じたのだろう。徐々に姿勢を軟化させる。

「これはおまえのためでもある」

「おまえのためを思って言ってやっているのだ」

――よく言う……。

恩着せがましい発言に真は内心苛立ちはじめていたが、それでも和人は動じない。それどころか、老人たちの話に快く頷く始末だ。

「人生の先輩である皆様方から学ばせていただくのは当然のことです」

「そうだ。わかればいいんだ」

「大体、御堂家のような旧家を継ぐからにはそれ相応の資質が必要だ。幼い頃からそれなりの環境で育っていない輩がおいそれと受け継げるような家ではない」

和人は黙って話に聞き入っている。

――旦那様……。

どんどん彼らのペースに嵌まっていくように見える和人に焦りながらも、自分が割って入るわけにもいかず、歯痒《はがゆ》く思っていたところで和人がさらりと切り出した。

「それ相応の資質とは、たとえばどんなものです？」

「それこそすべてだ。家柄にふさわしい品格も、知識も、人脈も……。上質なものを見極める五感も、人やものの使い方も、すべてな」

「なるほど」

神妙に耳を傾けている和人を馬鹿にするように、老人のひとりが嫌な笑みを浮かべる。

「どうせ碌《ろく》な経験もないのだろう。この家のセラーに眠る希少なワインも、おまえが主人ではとんだ宝の持ち腐れだ」

「そうですか」

それまで下手《したて》に出ていた和人がニヤリと口端を持ち上げた。

「それではひとつ、余興をしませんか」

「余興だと？」

「なに、他愛もないものです。セラーにあるワインのブラインドテイスティングなどいかがかと」

「な……」

老人たちの顔にさっと不安の色が浮かんだ。まさかそう返されるとは思ってもいなかったのだろう。けれど今さら後にも引けず、三人は強がるようにふんと鼻を鳴らした。

「おもしろい。いいだろう」

和人から静かな声で「立石」と呼ばれる。

「セラーからワインを持ってきてくれ。とっておきのやつだ。大事なお客様のおもてなしだからな」

「かしこまりました」

真は一礼するなり、すぐに地下のセラーへと降りる。

そうして和人の命令どおりコレクションの中でも特に貴重なビンテージを選んだ。こんなことでもなければお祝いの席で開けるようなものだが、主の言いつけとあらばしかたがない。

急いで踵《きびす》を返そうとして、ふと、ほんとうに大丈夫だろうかと迷いが生じた。去来《きょらい》する不安を払う思いで埃《ほこり》の積もったラベルを拭《ぬぐ》う。

和人が言い出したこととはいえ、果たしてうまくいくだろうか。万が一にも隙《すき》を見せるようなことになれば――。

「落ち着け」

真は胸に手を当て、そっと自分に言い聞かせた。

ティーカップのことといい、紅茶の件といい、和人には本物を見抜く力があることを目の当たりにしたばかりだ。大丈夫、うまくいく。彼ならきっとうまくやる。とにかく今は信じるしかない。

応接室に戻ると、中は異様な空気に包まれていた。

真は、皆が見ている前でラベルを隠してコルクを抜き、コンディションを確かめる。グラスに注いだ途端、芳醇《ほうじゅん》な香りが一気に立ち上った。

それを和人の前にひとつ、老人たちの前にもひとつずつ置く。

「お先にどうぞ」

「の、呑めばいいんだろう、こんなもの」

苦虫《にがむし》を嚙《か》み潰したような顔をして、老人のひとりが一息に呷《あお》る。他のふたりもそれに続いたものの、まるで見当もつかなかったらしく、グラスはあっという間に空になった。

焦った老人たちはその後二度もお代わりし、その上でとんちんかんな答えを出した。三人がバラバラなことを言ったために仲間内で言い争いまではじめる始末だ。国、産地、銘柄《めいがら》、葡萄《ぶどう》の品種――そのどれかひとつでも当てられればいいと和人が譲歩《じょうほ》したものの、残念ながら老人たちの答えはなにひとつ擦《かす》りもしなかった。

次は和人の番だ。

グラスを手に取った瞬間、纏う雰囲気がガラリと変わる。真剣な横顔は恐いくらいで、老人たちは負け惜しみを言うのも忘れて皆一様に口を噤《つぐ》んだ。

全員が見守る中で和人はグラスに白いクロスを当てて色を確かめ、ゆっくりと回して香りをかいだ。それから静かに口に含み、目を閉じて味わう。

迷いのない仕草はとても優雅で洗練されている。普段ネクタイをするのさえ嫌がる姿からは想像もつかないほどだ。

固唾《かたず》を呑んで見守る真の前で、和人は静かに瞼を開いた。

「フランス、ブルゴーニュ。ピノ・ノワール。ロマネ・コンティ」

「……正解です」

信じられない思いで真は一同にラベルを示す。そろそろと和人に視線を移すと、彼はベッキオを当ててみせた時と同じように口端を上げて笑っていた。

驚きに呆然《ぼうぜん》とする真をよそに、我に返った老人たちは口々に文句を言いはじめる。この家の主ならセラーの中身など知っていて当然、答えなどはじめからわかっていたんだろうとの言い分だ。

口汚く罵《ののし》る彼らを和人がばっさり切って捨てる。

「それでしたら次は、三人のうちのどなたかに選んでいただいても結構ですが？」

「……っ」

さすがに勝算はないと踏んだようで、老人たちは悔しそうに押し黙った。

真はほっとすると同時に、自分の手が震えていたことに今さらながらに気がついた。無意識のうちにずいぶん気を張っていたらしい。

せめて少しでも緊張を解そうと両手を擦《こす》り合わせていると、一度はおとなしくなった老人たちが再び別の角度から和人に怒りをぶつけはじめた。ほんとうに懲《こ》りない連中だ。

「この若造風情《わかぞうふぜい》が……。これだけ恥を掻かせておいて、ただで済むと思うなよ」

なんとかという先生を呼んできて、叱ってもらうと息巻《いきま》いている。地方議員かなにかのようだが、毎日欠かさず新聞に目を通す真でも残念ながらその名には覚えがなかった。

「まあまあ、もうそのくらいで……」

三橋がため息をつきながら止めようとしたものの、それが逆に煽る結果となったようで、老人たちは和人の生意気な根性を叩き直してやると喚《わめ》きはじめた。酒も入っていよいよ気が大きくなったのだろう。

そんな中、和人だけが笑顔を崩さない。

「楽しいお話ができそうですね。ぜひ、巽先生にも来ていただかなくては」

「なっ」

巽と聞いた途端、老人たちは息を呑んだ。

「家柄にふさわしい品格、知識、人脈を学ばせていただこうと思いましたが、どうやら少し難しいようだ。あなた方にも教育係が必要ですね。すべて一から学ぶための」

私にもいい教育係がいましてねと続ける和人の声はもはや彼らには届かない。三人は先を争うようにしてあっという間に逃げ出していった。

まさに、嵐が去ったと言うべきか――。

真が玄関に施錠をして応接室に戻ると、和人はおかしそうに笑い声を立て、三橋は盛大にため息をついていた。

「なにかあったらどうするつもりだったんだ」

「そうかたいこと言わず、一杯どうです」

「まったく……」

三橋が今日一番の渋面を作る。それをあかるく笑い飛ばした和人は、悪戯《いたずら》が成功した少年のような顔で手ずからボトルを傾けた。

本来なら行儀の悪さを注意すべきところだが、飛んでいって瓶を奪う気にはなれない。教育係として良くないとはわかっているけれど、なんとなく今は和人の思うようにしてほしかった。

「ワインはお好きですか」

無意識のうちに言葉が滑り出る。

「もちろん。人生のアプローチはだいたいが酒ではじまるって言うだろう」

「そうなのですか？」

「俺がひとりで思ってるだけだが」

なんだそれは。

ぽかんとするのがおかしかったのか、和人はくすくすと含み笑った。

「いつも呑まないやつが大見得《おおみえ》切ったって心配してたんだろう。悪かったな、心臓に悪いもの見せて」

「いえ、それは……。ですが、どうしておわかりになったのですか？」

「海外を放浪して金がなくなった時に、ブルゴーニュのシャトーで働かせてもらったことがあるんだ。そこの農家のじいさんからワインのイロハを叩きこまれた」

とんでもないスパルタだったぞと語る和人の生き生きとした口調からは、彼がそこでいかに充実した時間を過ごしたのかを窺い知ることができる。

和人は当時を思い出しているのか、懐かしむように目元をゆるめた。

「ほんとうに貴重な経験をさせてもらったと思う。俺が持ってるのは、そういう金で買えないものだ。人種や国籍なんか関係なしに無一文の若造にうまいものを食わせてくれたり、自分の寝る時間を削ってまでいろんなことを教えてくれたり、いいものを見せに連れ回してくれたりな……。これまでの人生で関わってくれた、やさしい人たちから得たものすべてが俺の財産なんだ」

一息に言いきった後で、和人は小さく肩を竦める。

「……なんてな。柄にもないか？」

「いいえ。とても素晴らしいことだと思います」

聞いているだけで胸があたたかくなってくる。

和人の持つ眩しさは、そんなふうに自らの足で歩いてきたからこそ身についたものなのだろう。自分にはとても真似できない。身ひとつで世界に飛び出していくなんて……。

そう言うと、和人はあっけらかんと「おまえだってやってるじゃないか」と返した。

「イギリスのバトラースクールで厳しい訓練に耐えたんだろう？　そっちの方がよっぽどすごい」

「そうでしょうか。あちこちに出向かれた旦那様の方がすごいと思います」

言葉も風習もなにもかも違う場所に飛びこむことに、気後《きおく》れなどはなかったのだろうか。

不思議に思って訊ねてみると、和人ははにかみながら思いがけない答えをよこした。

「どこかで、運命の相手に出会えるかもしれないと思ったんだ」

小さい頃から母親に御堂とのロマンスを聞かされて育ったという和人は、自分もそんなふうに生涯ただひとり想う相手を見つけたいとずっと思っていたのだと言う。

「まさか、そのために海外に……？」

「それだけじゃないけどな。自分の知らない世界を見てみたかったんだ。そのどこかで、パートナーに巡り会えたらいいなと思ってた」

おかげであちこち放浪したと和人は楽しげに笑うばかりだ。

「なんという……」

あかるい笑い声を聞いているうちに力が抜けて、そんなところまで彼らしいと思ってしまった。

恋愛に興味を持たなかった真からすれば、和人の情熱は突拍子《とっぴょうし》もないものに思える。

けれど、それを心のどこかでうらやましいと感じる自分もいた。

生涯ただひとりの相手と想い合うなんて、どんな気持ちがするのだろう。知りたいような、知るのが恐いような、不思議な気分だった。

――こんなことを思うなんて……。

これまでは考えもしなかったことだけに、どことなく落ち着かない思いで和人を見遣る。

そこに、三橋の長いため息が割りこんできた。

「どうりで見つかるまで一年もかかるわけだ。まさか海外まで逃亡していたとは……」

「これからはいい子になりますよ。巽先生はもの足りないって言うかもしれませんけど」

和人がすぐに表情を切り替える。肩を竦める彼に三橋もつられて苦笑を返した。

聞けば、巽というのは有名な代議士なのだそうだ。新聞やテレビで見聞きした人物のことだとわかり、真はひとり遅れて目を瞠《みは》った。

「そんな方とお知り合いでいらっしゃるのですか」

勢いこんで訊ねる真に和人が噴き出す。巽とは昔からウマが合うらしく、たまに都合をつけては酒を酌《く》み交わす仲らしい。

「な？　人生のアプローチはだいたいが酒ではじまってるんだ」

「強引ですね」

それでも、半分はほんとうのことなのだろう。

楽しそうな横顔に頬がゆるんでしまいそうで、真はそっと睫《まつげ》を伏せた。

＊

御堂の屋敷に来て二週間ほど経った頃だろうか。

いつものように郵便物を選定していた真は、ふと一通の封筒に目を留めた。表書きには和人の名、そして裏にはワインレッドのきれいなシーリングスタンプが施してある。

「珍しい……」

イギリスにいた頃は、親展や記念式典の招待状などがこうして封緘《ふうかん》されて主に届いたものだった。この古き良き伝統に日本でもお目にかかれるとは。

他の手紙と一緒に銀盆に載せ、書斎《しょさい》へと向かう。ノックの応えを受けて中に入ると、和人は窓辺に腰かけながらアルトサックスを磨《みが》いていた。

真は行儀の悪さを咎《とが》めるようにわざとらしく咳払いをする。

「……おっと」

和人は条件反射的に腰を浮かせたものの、悪びれる様子もなく、せっかく楽器を出しているからと逆にリクエストを求めてきた。

「歓迎のしるしに吹く約束がまだだったろう？」

そう言って得意げに笑う。はじめて会った時のやり取りをまだ覚えていたらしい。

「お気持ちはありがたいのですが、謹《つつし》んで辞退させていただきます」

そんなことにでもなったら大変だ。

「三橋様からも、騒音の苦情が出ないようにと重々《じゅうじゅう》言いつかっておりますので」

「またそれか……」

お目付役の名が出るや、和人は「うーん」と顔を顰める。

それならと、いつでも楽器が吹けるようにここを防音室に改装するか、もしくはボックスタイプの防音コンテナを設置することを提案してみたものの、どちらもあっさり首をふられた。特にコンテナの方は閉じこもるようで嫌なのだそうだ。

そんなところも旦那様らしいと言うか、なんと言うか……。

心の中で苦笑する。いつの間にか和人のペースに巻きこまれているような気がして、真は慌てて姿勢を正した。

「旦那様。お手紙が届いております」

書簡《しょかん》の束《たば》が載ったトレイを差し出すと、それを見た和人はやれやれと眉を下げた。

「いつも思うが、ずいぶん仰々《ぎょうぎょう》しい渡し方だな」

「恐れ入ります」

封筒を手にした彼はソファに腰を下ろし、ひとつひとつ差出人を確かめはじめる。

その中の一通、先ほどの封緘がされた封筒に目を留めた和人は、「小鳥遊《たかなし》さんからだ」と顔を綻《ほころ》ばせた。古い知り合いなのだそうだ。いつもは電話やメールのやり取りが主で、こうして手紙をもらうのははじめてだという。

和人はさっそく封を開ける。

「……ガーデンパーティの招待状？」

「そのようですね」

見せてもらった文面に真も横から目を落とす。金色の縁《ふち》飾りがついたカードには確かにそのように書かれていた。

「なんだか意外だな。小鳥遊さんはそういうの、しなさそうなのに」

「どういった方なんですか？」

「共通の知り合いが引き合わせてくれた人で、もう長いつき合いになる。ボーチェって知ってるか？イタリアのボーリングみたいなものなんだが、そのボーチェ好きが高じて意気投合した」

小鳥遊は、母亡き後たったひとりで苦労しながら生きてきた和人を、年の離れた弟のようにかわいがってくれた人なのだそうだ。だから和人が御堂の家を継ぐことになった時は、親族と呼べる人間ができたことをずいぶんよろこんでくれたと言う。

「ずっと、根無し草みたいなもんだったからな。俺にも血の繋がりができて安心したんだろう」

当時のことを思い出しているのか、和人がふっと表情をやわらげる。

小鳥遊とは今でも時々会って近況を語ったり、ボーチェをしたりする仲なのだそうだ。

「ご出席なさいますか」

「あぁ。せっかくの小鳥遊さんの誘いだからな」

「かしこまりました。出席のお返事をお出しして、ご準備を進めておきます」

真は一礼とともに大切な封書を預かる。

内輪のガーデンパーティとはいえ、和人を社交の場に出すとなれば腕が鳴る。御堂の当主として堂々とふるまい、周囲に良い印象を持ってもらわなければならない。それがひいては和人のため、そして御堂家の発展にも繋がるはずだ。

それに――。

そっと和人の横顔を窺う。

この頃は少しずつレッスンの成果も見えるようになってきた。油断すると窓枠に座ったりもするが、時々ドキッとするような鋭いことを言ったり、洗練された仕草を見せたりする。そんな和人を自慢したいという思いも少なからずあった。

教育係としての欲目かもしれないけれど。

そんなことを考えながら、真は楽しそうに小鳥遊との思い出を語る和人の言葉に再び耳を傾けた。


翌週の土曜は、気持ちのいい快晴となった。

このところ雨が降ったりやんだりで心配していたが、絶好のガーデンパーティ日和《びより》となったようだ。

庭の草花も瑞々《みずみず》しく葉を茂らせ、美しい花を咲かせているだろう。

葉崎の運転する車の後部座席で和人と肩を並べながら、真は懐中時計を確かめた。

和人からどうしてもと乞われ、今日は従者として同行した。パーティがはじまるまであと三十分。今のところ渋滞情報もなく、このままいけば十五分前には会場に到着できるはずだ。

ゆったりした気持ちで和人の方に目を遣る。隣では、いつもとだいぶ印象の違う主が静かに車窓を眺めていた。

――こんなに変わるなんて……。

今日の彼は、コットンリネンのベージュのスーツを纏っている。そこに爽やかなパウダーピンクのシャツを合わせ、あえてネクタイはせずにカジュアルにまとめた。

全体的にあかるく開放的なトーンながら、ゆるく後ろに流された黒髪からは落ち着いた男の色気が漂っている。とはいえ、普段ラフな格好を好む和人にとっては、こうした余所《よそ》行きの服装はいささか窮屈《きゅうくつ》ではあるようだった。

「馬子《まご》にも衣装って思ってるだろう」

真の視線に気づいたらしく、和人がチラとこちらを見る。

「とんでもない。よくお似合いでいらっしゃいますよ」

「そうすよ。高坂さん、いいとこのご主人っぽいですよ」

加勢してきた葉崎もバックミラー越しにニヤリと笑った。

葉崎は、相手が主人であろうと構わずざっくばらんに話すので、聞いている真の方がたまに不安になるのだけれど、当の和人はこれくらいがちょうどいいようで今も楽しげに冗談を言い返している。

咎めるのも無粋《ぶすい》だろうと真は出かかった言葉を飲みこんだ。

「それにしても、俺にこんな格好をさせるなら、おまえももっとカジュアルな感じでよかったのに」

「私ですか？」

真は自分のスーツを見下ろす。噴水の清掃作業員が来ることになっている葉崎には迎えを頼めないため、公共の交通機関を使うことを考えて、御堂に来た時と同じフレンチグレーのスーツを選んだ。これならば機能的で困ることもないし、なにより和人をよく引き立てる。

けれど、主はそれがお気に召さないようだ。

「普段着が見られると思って楽しみにしてたんだけどな」

「ですから、旦那様……」

もう何度、立場の違いを説明しただろう。あらためて言い聞かせているうちに車はぐるりとロータリーを回った。着いたのだ。

「葉崎さん、ありがとうございました。帰りはタクシーで戻ります」

「了解、気をつけて。……高坂さん、立石さんに迷惑かけちゃだめですよ」

「肝《きも》に銘《めい》じておくよ」

先に車を降りた真は、苦笑する和人をドアを開けて迎える。

ゆっくりと走り去る車を見送って、あらためて白亜《はくあ》の洋館を見上げた。

事前にインターネットで調べたところによると、わりと有名なパーティ会場のようだ。周囲に高い建物がなく、美しい庭を存分に楽しめるところが人気だと言う。

「へぇ……」

「あまりキョロキョロなさいませんように」

「わかってるって」

さっそく興味の赴《おもむ》くまま歩き出そうとしていた和人に釘《くぎ》を刺す。

「よろしいですか、旦那様。本日は御堂家の当主としてくれぐれも……」

「あぁ、ほら。案内してくれるみたいだぞ。行こう」

和人が少し離れたところにある建物の入口を指した。

エントランスからスタッフと思《おぼ》しき男性がひとり出てくるのが見える。彼は真が持参した招待状を確認するや、流れるような身のこなしでふたりを中へと通してくれた。

ホールは気持ちのいい吹き抜けで、そのまままっすぐ歩いていくと観音《かんのん》開きのガラス扉から庭に出られるようになっている。一歩踏み出した途端、広々とした芝生《しばふ》に真は思わず立ち止まった。

御堂の家とはまた違う、芝と木で構成されたイングリッシュガーデン。

「きれい……」

ついさっき気を揉んだことも忘れ、真は感嘆《かんたん》のため息を洩らした。今日は天気もいいから余計に開放的に感じるのかもしれない。

和人の後ろから控えめに庭を眺め遣る。

招待客は、ざっと二十人はいるだろうか。あちこちにできた小さな輪から時折楽しそうな笑い声が響いてくる。ゲストの中にはベンチで談笑したり、木陰でシャンパンを傾けている人もいた。

色とりどりの花で飾られた噴水の前にはテーブルが並べられ、華やかなアペリティフやスイーツが所狭しと並んでいる。イギリスにいた頃も、元主のお伴として何度かこうしたパーティに足を運んだことがあったが、それと比べるとずいぶん派手な印象を受ける。ガーデンウエディングと称しても過言ではないほどだ。

「結構華々しいもんなんだな」

「そのようですね」

思わず顔を見合わせる間にも、和人は傍を通ったボーイに気づき、ふたり分のシャンパンをひょいと取った。

「まぁ、まずは一杯いただこう」

「せっかくですが、私は仕事中ですので」

「ここまで来てかたいこと言うのか?」

「どこまで行っても仕事は仕事です」

しようもない押し問答をはじめたその時、いいタイミングで和人に声がかかった。

「やぁ。高坂くんじゃないか」

「小鳥遊さん」

通りかかったのは、パーティの主催者である小鳥遊だった。

年の頃は五十代前半といったところか。口髭《くちひげ》を蓄《たくわ》え、にこにこしていてとても気さくそうな人だ。和人からシャンパンを片方押しつけられても「じゃあ乾杯しよう」と快く引き受けている。

「小鳥遊さん、うちの敏腕執事をご紹介しますよ」

突然和人に促《うなが》され、自分などがいいのだろうかと驚いている間に小鳥遊の前へと押し出された。けれどまごついていては主の名誉に関わる。真はせっかくの機会と思って頭を下げた。

「本日は従者として参りました。御堂家の執事をしております、立石と申します」

「小鳥遊です。高坂くん自慢の執事さんにお会いできるのを楽しみにしてましたよ」

「恐れ入ります」

小鳥遊の口ぶりから察するに事前にあれこれ伝わっていたのだろう。チラと窺い見ると、和人は素知らぬふりであさっての方を向いた。

「そうそう、妻が高坂くんに会いたがってた。立石さんにもぜひ会ってやってほしいんだが、さっきから話しこんでいてね」

あらためて紹介させてほしいと言う小鳥遊に、真は戸惑う。

「私はただの従者ですのでお気遣いには及びません。控えられる場所がございましたら、そこでパーティが終わるまで待たせていただきますので」

「いやいや、なにをおっしゃる。せっかくこうして来てくれたんだし、高坂くんの面倒を見てくれる人は大切にしなければ」

そう言って小鳥遊が朗《ほが》らかに笑った。

御堂に来るまでの和人はとにかく自由奔放で目が離せなかったけれど、今日は見違えたのだそうだ。

「そりゃあもう努力の賜《たまもの》ですよ」

すかさず和人が胸を張れば、小鳥遊もまた真を指す。

「彼の、だろう」

「お見通しか」

和人は屈託なく笑った後で、「ところで」と話題を変えた。

「今日は突然どうしたんです？　わざわざ手紙をくれるなんて」

和人がかしこまった招待のわけを訊ねると、小鳥遊は軽く肩を竦めた。

「表向きは私の誕生日祝いということになっているんだが、妻がガーデニングに凝っていてね。自宅の庭じゃまだパーティができないから、人の誕生日に託《かこつ》けてその予行演習をしたかったようだ」

——！

誕生日祝いと聞いて血の気が引いた。そんなこと招待状には一言も書かれていなかったし、和人からも聞いていない。お祝いも持たずに来てしまったなんて大失態だ。

焦る真をよそに、和人は平然としたものだ。

「誕生日なら三ヶ月も前に一緒にお祝いしたじゃないですか」

「真冬のガーデンパーティは寒いから嫌だそうだ」

「あぁ、そういうこと」

よかった……。

内心ほっと胸を撫で下ろす。危《あや》うく和人に恥を掻かせてしまうところだった。

「じゃあ、今日はご家族みんなで？」

「あぁ。大学三年の息子はだいぶ渋ったがね」

「その歳じゃ、親の知り合い集めてのパーティなんて面倒だろうなぁ」

「旦那様っ」

見えないように和人の脇腹を肘でつつく。

けれど小鳥遊にはお見通しだったようで、彼は真たちを見ておかしそうに笑った。小鳥遊曰く、若かりし頃の和人を知っているのでなにも気兼ねはいらないそうだ。

そうは言っても……。

なんだか微妙な心境だ。やれやれと嘆息しながら庭の方を向いたその時、噴水の陰から、ひとりの青年がこちらを見ていることに気がついた。

華奢《きゃしゃ》な身体に、つぶらな瞳。遠目にもわかる華やかな容姿が目を引いた。

よく見れば、その視線は和人に向かっているようだ。

お知り合いだろうか……？

だが、和人たちはまだ楽しそうに話している。主人にそれとなく伝えた方がいいだろうかと迷っていると、青年はそんな真に気づいたらしく、はっとしたようにこちらを見た。そして軽く会釈《えしゃく》をする真を睨《にら》みつけ、すぐさま踵を返して行ってしまう。

――え？

思いがけない行動に、なにか気分を害するようなことをしてしまっただろうかと気になったものの、歩き出した和人に呼ばれてそのままうやむやになってしまった。

和人たちは並んで歩きながら近況を語り合っている。和人が屋敷の庭の話をすると、小鳥遊は思い出したように「そうそう」と人差し指を立ててみせた。

「妻がイエローブックに熱を上げていてね。庭を本格的なイングリッシュガーデンにしようって躍起《やっき》になってるんだ」

イエローブックとは、約七十年に亘《わた》りイギリスでベストセラーに輝く個人庭園のガイドのことだ。黄色い表紙にちなんでこの愛称で呼ばれている。

この本に取り上げられるということは、素晴らしい庭であるとのお墨付《すみつ》きをもらったも同じであり、庭を愛するすべてのイギリス人にとって大変名誉なことなのだ。最近では日本語版も出版され、愛好家たちの間で広く親しまれているらしい。

「実はうちの立石も、この間までイギリスに住んでいたんですよ」

「ほう」

またしても急に話の水を向けられ、驚いてしまう。

そんな真に、小鳥遊は楽しそうに両手を広げ戯《おど》けてみせた。

「家に英国執事がいてくれるなんて、妻がどんなにうらやましがるか」

小鳥遊夫人は自宅でガーデンパーティをするのが夢だそうで、その熱の入れようといったら招待状ひとつ取っても大変な拘《こだわ》りようなのだそうだ。

「どうりで封緘までするわけだ」

「僕の趣味じゃないよ」

「知ってますよ。花を育てるよりボール転がしてる方が好きでしょう」

「君だって人のこと言えないじゃないか」

なるほど、意気投合したと言っていただけあってかけ合いの息もぴったりだ。小鳥遊は妻から庭でのボーチェ禁止を言い渡されたらしく、それを聞いた和人が「心の底から同情します」と顔を顰める。

そんなふたりを交互に見ながら真も心の中で苦笑した。

そこへ、遠くからあかるい声が聞こえてくる。

「あれが妻です」

小鳥遊に言われた方を見ると、鮮やかなピンクのワンピースを纏い、笑顔をふり撒きながら歩いてくる夫人の姿があった。夫である小鳥遊のほのぼのとした雰囲気とは正反対な人だ。紅《べに》を引いた唇が弓形に撓《しな》り、自信が漲《みなぎ》っているように見えた。

夫人は小鳥遊から紹介された和人ににこやかに微笑みかける。

「高坂さん、本日はようこそ。お招きするのが自宅でなくて残念だけれど、こうして来てくださってうれしいわ。ご挨拶が遅くなってごめんなさいね」

どうやら、その隣にいる従者は眼中にないらしい。

使用人とは得てしてそういうものなので、空気のように扱われることを真としては特に気にしていなかったのだが、小鳥遊が気を遣って夫人に紹介してくれた。

「まぁ。執事さんはこんなところにまでいらっしゃるのね」

「今日は従者として一緒に来てもらったんですよ」

「彼は本物の英国執事だそうだぞ」

和人が経緯を説明すれば、小鳥遊も自慢げにつけ加える。

けれど夫人は和人にしか興味がないようだ。夫からたびたび話を聞かされ、会ってみたいと思っていたのだと声高に捲し立てた。

「ある日突然、あんな立派なお屋敷を継ぐことになるなんて。まるで運命ね」

和人の苦笑いにも夫人はお構いなしだ。

「今日のご縁も、ぜひそうなるとうれしいわ」

そうやって自信たっぷりににっこりとされると、見ているこちらの方が気圧《けお》されてしまう。ホテルに勤めていた頃に遭遇することが多かったタイプだ。

――波長が合わない、と言えばいいのか……。

本来、主の関係者相手にそんなことを思ってはいけないのだけれど、和人が辟易《へきえき》していることは薄々感じられるだけに、真は心の中でそっとため息をついた。

夫人が一方的に話しているところに、小鳥遊に同年代の男性が声をかけてきた。知人だったらしく、小鳥遊は「悪いが外すよ。また後で」と手を上げて行ってしまう。この状況では無理からぬことだ。

真は一礼してその背中を見送った。

それでもなお夫人は動じず、むしろチャンスとばかりに和人を質問責めにする。

「ところで、結婚のご予定は？　今おいくつでいらっしゃるのかしら？　あの御堂家を継ぐからにはいろいろと決まりごともあるんでしょう？」

いくら自分の夫が親しくしている相手とはいえ、彼女自身は和人とは初対面だ。それにしてはずいぶん踏みこんだ質問をしてくることに真はやや違和感を覚えた。

まるで結婚を勧めたい相手がいるような口ぶりで……。

どうにも居心地悪く感じてしまう。

そんな中、和人は動じることなく、鷹揚《おうよう》に返した。

「残念ながらまだまだ未熟者ですので、そういった予定はまったく」

「まぁ。それなら当家で旧家同士のおつき合いを学ばれてはどうかしら？」

「せっかくのお申し出ですが、私には優秀な教育係がおりますので」

和人が真を目で示す。

夫人は「あらそう」と柳眉《りゅうび》を吊り上げた後で、あらためて満面の笑みを浮かべてみせた。

「執事さんはそんなことまでなさって大変ね。でも、女性のエスコートまでは学べないでしょう？うちの苑子《そのこ》にぜひお相手させていただきたいわ」

そこまで言われてようやくわかった。

――そういうことだったのか……。

パーティは表向き小鳥遊の誕生日祝いということになっているが、御堂家の当主を招待した時から、夫人には和人に娘を紹介する算段があったのだろう。知らなかったこととはいえ、すっかり邪魔をしてしまった。

「旦那様、申し訳ございません。少し休ませていただいてもよろしいでしょうか」

日に当たったせいで頭痛がすると苦しい言い訳をしながら椅子を指す。満足げな夫人とは裏腹に、心配そうな顔をする和人をその場に残し、真はなるべく遠くのベンチを目指した。

和人と夫人をふたりきりにすることに不安がないわけではなかったが、自分が出しゃばっては彼のためにならない。主の人間関係に頭を悩ませるのが執事の常とはいえ、難しいものだ。

ベンチに腰かけ一息ついていると、ゲストらしき男性たちがやって来て、夫人に親しげに挨拶するのが見えた。夫人が彼らに和人を紹介したようで互いに握手を交わしている。

こうして一歩離れたところから見ると、マナーや立ち居ふるまい以前に、和人には無条件に人を引きつけるなにかがあるような気がした。

「おひとついかがですか」

ぼんやりと輪の様子を眺めていると、ボーイが冷たいものを勧めにやって来た。

自分はゲストではないと断る真に、彼は手のひらで和人を指す。

「お連れ様が、水分を摂《と》るようにと」

日に当たったせいだと言ったから、日射病を気にしてくれたのかもしれない。

「ありがとうございます。では、いただきます」

主に気を遣わせてしまったことを申し訳なく思いつつ、真はライムウォーターのグラスを取る。

よく冷えた水はとてもおいしく、口をつけるや、ごくごくと喉を鳴らして飲んでしまった。知らぬ間に喉が渇いていたのかもしれない。

「……ふう」

ようやく人心地つき、もう一度和人に視線を戻す。

その傍《かたわ》らでボーイがしみじみと呟いた。

「おやさしい方ですね。ボーイの私にも、暑い中ありがとうとお声をかけてくださいました」

「そうでしたか」

給仕《きゅうじ》の人間にさえ自然とそういう気遣いができる人なのだ。第三者に和人を褒められ、誇らしい気持ちになった。

「あのように素敵な男性が独身でいらっしゃると、ご婦人方も落ち着かないでしょうね」

「え？」

唐突《とうとつ》な言葉にボーイの目線を追いかける。その先では、周囲の女性たちがチラチラと和人の様子を窺っているのが見えた。

あぁ、そうか……。

確かに、身内の贔屓目《ひいきめ》を抜きにしても和人は目立つ。上背《うわぜい》があって逞しく、野性的な色気を纏った美丈夫ともなれば周りが放っておくはずがない。

けれど、そんな女性たちを後目に輪を抜けた和人は、夫人に促されるようにして噴水の方へと歩いていった。

そこにいたのは色の白いおとなしそうな女性だ。背中まである長い髪がお辞儀とともにサラサラとこぼれる。桜色のワンピースがよく似合う、花のように可憐な人だった。

夫人の娘なのだろうか。おだやかな雰囲気は父である小鳥遊によく似ている。

清楚《せいそ》な女性と精悍《せいかん》な和人。ふたりはとてもお似合いに見えた。

――……。

その途端、もやっとしたものがこみ上げる。とっさに胸を押さえながら真は急いで目を逸らした。

「大丈夫ですか？　ご気分でも……」

「いえ」

気遣わしげなボーイを制して真はベンチから立ち上がる。

「ご心配をおかけして申し訳ありません。少し、静かなところで気分転換してきます」

空になったグラスを預け、逃げるようにその場を後にした。

和人が一瞬こちらを見たような気がしたものの、今は目を合わせられなくて、気づかなかったふりをして足早に庭を横切る。

背中に感じる視線をふりきって建物の中に避難すると、手洗いの水で顔を洗い、なんとか気持ちが落ち着くのを待って吹き抜けのエントランスホールへと戻った。

ここから庭は目と鼻の先だ。ガラス扉の向こうではきらきらと春の陽光が踊っている。

「…………」

だからだろうか、余計にすぐに戻る気にはなれず、人がいないのをこれ幸いとしばらくホールの隅にある椅子に座らせてもらうことにした。

腰を下ろした途端、ため息がこぼれ落ちる。

——自分は、いったいなにに動揺しているのだろう……。

不安とも、焦りとも違う、慣れない感情。じっとしているとさっきのもやもやが戻ってきそうで、真はあえてまったく関係ないことを考えはじめた。

そういえば来週、葉崎が大がかりな剪定をするので応援の同業者を呼びたいと言っていた。今月分の支払いを明日のうちに終えてしまいたい。九重からの手紙にも返事を書かなければ——。

つらつらと家の用事を思い返していると、突然、目の前に和人が現れた。

「すまない。もっと気をつけるべきだった」

「旦那様……？」

やけに心配そうに顔を覗きこまれる。どうやら建物に避難した真を見て、頭痛がよほど酷《ひど》いのだと思ったようだ。

「すぐに連絡して医者に来てもらおう」

今にも電話を取り出しそうな和人を慌てて止める。

「と、とんでもないことです。私なら大丈夫ですから」

「無理をしてもいいことなんてないんだ。対処は早い方がいい」

真剣な様子に、今さらなんでもないとも言えず、真は体調は落ち着いたからとごまかした。

「私のことなどお気になさらず、どうぞ楽しんでいらしてください」

「そうはいかない。具合が悪くなった相手を放って遊びに行くほど俺は薄情な男じゃないつもりだ」

「旦那様……」

首をふる和人に、真は水を差してしまったことを詫びるしかない。もとはと言えば、これがお見合いの場であることに気づかなかった自分が悪かったのだ。

「私が至らなかったばかりに、申し訳ありません」

あらためて謝罪する真に、和人は盛大なため息をつく。よほど腹に据え兼ねていたのだと叱責《しっせき》を覚悟していると、主はなぜか複雑そうな顔で眉を下げた。

「おまえは気を遣いすぎだ。今に禿《は》げるぞ」

「……は？」

なにを言われているのかわからず、ぽかんとしたものの、すぐにいつもの調子を取り戻す。

「は、禿げるとはなんです」

それを見た和人が声を立てて笑った。

「そういうところもおまえらしいと言えばらしいが、もったいないな。せっかくきれいなんだから」

「きれいだなんて、男性相手に失礼でしょう」

「そんなことない。きれいなものを褒めるのに男も女もないだろう」

思いがけず真剣な顔で言われてドキッとなる。

なにも返せずにいる真に構うことなく、和人はすぐ隣に腰を下ろした。そうして甘えるように真の肩に頭を凭《もた》せかけてくる。窘めようにも「疲れた」と言われてしまうと無下にもできず、少しでも寝心地がいいようにと動かないことに努めた。

庭ではダンスでもはじまったのか、微《かす》かに音楽が聞こえてくる。

それにぼんやりと耳を傾けながら、和人がぽつりと呟いた。

「さっきの話、俺は受けるつもりはない」

「……お見合いの件でしょうか」

肩に頭を乗せたまま和人がわずかに頷く。見合いは、後日正式に断ると言う。

「お似合いでしたのに……」

ついそんな言葉がこぼれてしまい、真は慌てて口を噤んだ。

自分でも、どうしてそんなことを言ってしまったのかはわからない。あの時、ふたりを見て確かにもやっとしたくせに、なぜ今になって自分の気持ちを置き去りにするようなことを言うのだろう。

戸惑う真の隣で、和人が自嘲《じちょう》気味に小さく笑った。

「どのみち、俺には無理な話だ。俺は女性は愛せない」

——え……？

瞬きも忘れて目を瞠る。

「それは、どういう……」

「言ったとおりだ。俺の恋愛対象は男だからな」

真がカチンとかたまったのを察してか、和人が身体を起こす。静かに居住まいを正し、真正面から向き直った。

「気持ち悪いか」

「いいえ」

即座に首をふる。

執事たるもの、主の性的な指向がどうであれ忠誠を尽くすことに変わりはない。

けれど、このタイミングでそんなことを打ち明けられるとは思ってもおらず、いつものようにすぐに返事をすることができなかっただけだ。

「ただ、少し驚きました」

誤解がないように素直な気持ちを口にすると、和人は小さく噴き出した後で、何度も「そうか」と頷いた。

「正直なやつだな」

「申し訳ございません」

「いや、いい意味で言ったんだ。おまえはおべっかを言わないし、嘘もつかないから、全部額面どおりに受け取れる」

「恐れ入ります」

「立石ならタイプだったのになぁ」

和人が苦笑しながらさらりと呟く。

――どういう、意味だろう。

よくわからない冗談に戸惑っていると、和人は再びガラス扉の向こうに目を遣った。

「日が陰ってきたな。そろそろ帰ろう」

和人が勢いをつけて立ち上がる。その広い背《せ》中を見上げながら、どうしてだろう、またももやもやしたものが迫り上がってくるのを感じた。

それが衝撃的な告白のせいか、おかしな冗談を言われたからかはわからない。真のことをタイプだと言ったのはただの言葉のあやで、要は、恋愛対象は同性だと言いたかっただけだろう。

わかっている。わかっているのに、自分を引き合いに出されたことがなんとなく嫌だった。自分を冗談にされるのが嫌だったのだ。

――主のジョークにもつき合えない執事なんて。

自己嫌悪にため息が洩れる。

けれど、すぐに己の感情に蓋をして真は毅然《きぜん》と顔を上げた。今はまだ仕事中だ。余計なことに気を回しているわけにはいかない。

意を決して立ち上がる。

ふと、またも強い視線を感じて顔を向けると、先ほど見かけた青年がもの言いたげな顔でこちらを見ていた。こう何度も目が合うということは、やはり和人の知り合いかもしれない。

「あの、旦那様」

だが真が和人を呼び止めようとするのを見るなり、ぱっと身を翻《ひるがえ》して行ってしまう。

「どうかしたか」

「あ……、いえ……」

答えようもなく、なんでもないとごまかすしかなかった。

小鳥遊たちには挨拶を済ませてきたという和人に促され、タクシーの手配に向かう間も、すっきりしないものが胸の片隅に蟠《わだかま》る。

なんとなく後ろ髪を引かれたまま、真は和人について会場を後にするのだった。


黒塗りのタクシーが黄昏時《たそがれどき》の街を滑るように走っていく。

真は後部座席に和人と並んで座りながら居心地の悪さを持て余していた。

早く気持ちを切り替えなければと頭ではわかっているのに、うまくできない。頰を撫でられ、驚いて和人の方を見ると、心配そうにこちらを見る彼と目が合った。

「なにを考えてる？　難しい顔してる」

――わかってしまう、ものなんだな。

自分ではフラットな表情を心がけているつもりでいても、傍にいるとやはりどこか伝わってしまうのかもしれない。

もうこれ以上、余計な心配をかけないようにしなくては……。

仕事中ではあるけれど、真はあえて表情をゆるめた。

「大丈夫です。なんでもありません」

「ほんとうか？　無理しないで、寄りかかってもいいんだぞ」

「ありがとうございます。ほんとうに平気ですから」

真が疲れているわけではないこと、具合も悪くないことを確かめると、和人は思いがけない提案をよこした。

「それなら、これから夕食がてら呑みに行かないか」

「いえ、せっかくですが、それは……」

いくら主の誘いとはいえ、執事が主人と同じ席に着くわけにはいかない。

丁重に辞す真に対し、そう言われることなど最初から想定していたようで、和人はすぐさまいつもの口八丁《くちはっちょう》を披露《ひろう》した。

「カップベアラーとして酒場でのレッスンも必要だと思うが？」

「ご所望《しょもう》とあらば、お屋敷のセラーで」

「たまには外で呑みたい時だってあるだろう」

「それでしたら私は表で待たせていただきます」

譲らない真に、和人は耳元に口を寄せて小声で囁《ささや》く。

「俺がゲイだって言ったから警戒してるのか？」

「それとこれとは別の話です」

「なんだ。少しくらい意識してくれてもいいのに」

「生憎《あいにく》と、そのような器量《きりょう》は持ち合わせておりませんので」

和人はとうとう噴き出した。

「そんな顔もするのか。かわいいな」

「……ご冗談はおやめください」

「俺は至って大真面目だぞ。おまえのことをもっと知りたいと思ってなにが悪い？」

当然のように言いきられ、どう答えたものかと返事に詰まる。

相手を理解しようとするのは大切なことだ。これまでの勤め先では、長い時間をともにすることで自然と信頼関係を築いてきた。

だからこんなふうに一足飛《いっそく》びに求められることに慣れていない。伝統を重んじるイギリスでの暮らしが長かったせいか、何事も段階を踏んで、少しずつお互いの距離を縮めていくやり方でないと戸惑ってしまう。

なにより、自分には誰かと差し向かいで酒を呑んだ経験がない。仕事を離れた場でどうふるまえばいいのか皆目《かいもく》見当がつかなかった。

知らぬ間に困惑が顔に出ていたのだろう。和人がふと表情をゆるめた。

「そんなにかたくならなくていい。心配なら、俺のお目付役《めつけやく》のつもりでいてくれ」

「旦那様」

そこまで言われてしまえばしかたがない。

「……ご命令とあらば」

渋々頷く真に和人は満面の笑みを浮かべると、すぐさま車の行き先を変更させた。

車中、留守番をしてくれている三橋にメールを打つと、彼からは「羽目《はめ》を外しすぎないように首に縄《なわ》をつけていてください」という返事が来た。きっと今頃、彼も自分と同じように携帯を見ながら苦笑しているだろう。

和人は横から画面を覗きこむなり、むうと唇を尖《とが》らせた。

「今日は無礼講《ぶれいこう》だぞ」

「酔い潰れた旦那様を背負って歩くわけには参りません」

「俺はおまえを横抱きにできる。試してみるか？」

「全力でご遠慮いたします」

和人の軽口に、少しだけ肩の力が抜ける。

「こっちだ」

車を降り、案内されたのは、外壁をすべて黒で埋め尽くした十階建ての建物だった。

一階にはエレベーターホールがあるだけで、テナントなどは入っていないようだ。上階行きの金色のボタンだけが壁に設置されている。よくあるフロア案内がないことに真はどこか違和感を覚えた。

まさか、一棟《ひとむね》丸ごとバーというわけでもないだろうに……。

不思議に思っていると、そっと耳打ちされる。

「ここは限られた人間しか来ない」

「会員制、ということですか」

真の問いに、和人は目で頷いてみせた。

――そういうことか。

ある程度の地位のある人間は、信頼できる店を選ぶ必要がある。その点、ここなら和人も安心だ。

それにしても、いつの間にこんなところを見つけたのだろう……。

首を傾げる真の前で、ちょうど到着したエレベーターの扉が音もなく開く。

内装が目に入った瞬間、真は目を疑った。

「……え……？」

まるで老舗《しにせ》高級ホテルのそれだ。

扉や制御《せいぎょ》パネルの部分を除き、壁や床にはよく磨かれた飴色の木材が使われている。腰板から上の壁面には鏡が張り巡らされ、シャンデリアの光を受けてきらきらと輝いていた。

「驚いたか？」

上昇するエレベーターの中、和人が得意げな顔で笑う。素直に「はい」と答えると、主はますますうれしそうに目元をゆるめた。目を細める仕草に大人の余裕のようなものを感じて、思わず見とれてしまいそうになる。

「とっておきの隠れ家なんだ。ずっと、おまえを連れてきたいと思ってた」

私を……？

なんと返すべきか言葉を探しているうちにエレベーターは目的階へと到着した。

「……！」

フロアに降りるなり、シャンパンカラーの帯が真っ先に目に飛びこんでくる。

幅五メートルはあるだろう黒い御影石《みかげいし》の壁に、横一直線に細いガラスの水槽《すいそう》が埋めこまれている。白金色の光の中、きめ細かな泡が次々と立ち上ってゆく様は上質なシャンパンを思わせた。

すごい……。

印象的で美しいアクアリウムは、それだけで非日常の世界に来たことを実感させてくれる。間接照明に浮き上がる〈under《アンダー》 the《ザ》 rose《ローズ》〉――ここで話したことはすべて秘密に、という意味を持つ店名を見て、和人が隠れ家と言った意味がよくわかった。

「いらっしゃいませ。高坂様」

案内係が洗練された物腰でていねいに迎えてくれる。

「あぁ。奥の席は空いてるか？」

「もちろんでございます。どうぞ」

「行こう」

さりげなく腰に手を回され、フロアへと連れていかれる。

壁をぐるりと回って向こう側へ出た瞬間、今度はフロアの奥一面に広がる夜景に迎えられた。

「見事ですね……」

「だろう？　これを見せたかったんだ」

ソファに腰を落ち着けるなり、さっそく飲みものを訊ねられる。仕事中を理由にノンアルコールを希望する真に向かって、和人が唆《そそのか》すように片目を閉じた。

「呑めないわけじゃないんだろう？」

「嗜む程度でしたら」

「それを聞いて安心した。ひとりで呑んでもつまらない」

和人が目を遣ったのを合図に、音もなくウェイターが近づいてくる。彼もまた動作に無駄がなく、身のこなしが美しい。この店の品格を保つためによく訓練されていることが窺えた。

「俺はスコッチをもらおう。ロックで」

和人がこちらを見る。

オーダーを待たれている手前、ここで固辞《こじ》してはかえって失礼に当たるだろう。

「では……ドライマティーニを」

「かしこまりました」

ていねいに一礼して下がるウェイターの背中を見送る。

ほどなくして、グラスがふたつ運ばれてきた。

真の前に置かれたカクテルグラスには若いオリーブの実がひとつ。

和人に供《きょう》されたのは背の低いタンブラーグラスだ。琥珀色《こはくいろ》のスコッチウイスキーにゆっくりと氷が溶け出し、刻一刻とマーブル模様を作り出していく。節くれ立った手がグラスを持ち上げると、氷が踊るようにくるりと揺れた。

「乾杯」

和人が目の高さにグラスを持ち上げる。

それに倣《なら》って真も口をつけた途端、舌に痺《しび》れるような刺激が走った。アルコールを呑むこと自体が久しぶりで、身体が少し驚いている。

酒に呑まれないようにしなければ……。

自分を戒める真の横で、和人はようやく人心地ついたとばかり、どさりとソファに凭れかかった。シャツのボタンを豪快に外し、きれいにセットされた髪にも手櫛《てぐし》を入れてかき混ぜてしまう。ついさっきまでどこから見ても好青年だった和人は、あっという間にアンニュイな雰囲気の男に変わった。

そんな仕草が色っぽく思えて、つい目で追ってしまう。

それを見咎められたと受け取ったのか、和人は苦笑で返した。

「行儀が悪いのは目を瞑《つむ》ってくれ。今日は堅苦しい挨拶ばかりしてヘトヘトなんだ」

「ご立派でいらっしゃいましたよ」

「そうか？　だとしたら、おまえの指導の賜だな」

「いえ、そのようなことは……」

真は小さく首をふった。

自分が教育係として躍起になったのは最初のうちだけだ。和人には、経験したことをすぐに自分のものにする絶妙なバランス感覚が備わっている。これまでは単にマナーや社交に興味がなかっただけで、いざとなれば今日のようにそつなくこなすに違いない。

本来であればよろこばしいことのはずなのに、なぜか少し寂しく感じた。

「おまけに、見合いもどきまでさせられるとはな……」

そういえば、彼の恋愛対象は同性だと言っていた。女性は愛せないのだとも。

それなら、男性の恋人はいるのだろうか。ここにも一緒に来たことが……？

もやもやとしたものを抱えながら、じっと手の中のグラスを見つめた。

「どうした？」

「いえ……すみません。少し緊張しているのかもしれません」

あながち嘘ではない。

自分を落ち着かせようと、真は深呼吸をしながらさりげなくフロアを見回した。

「落ち着いていてとてもいいお店ですね。旦那様はどちらでここを？」

「俺のサックスの師匠《ししょう》が紹介してくれたんだ」

「師匠？」

「ちょうど今あそこで呑んでる人だ。観門《みかど》さんといって、本来であれば俺なんかが近づけるような人じゃなかったんだが、ありがたいことに縁があってな」

「そうでしたか」

昔のことでも思い出しているのか、観門の方を見ながら和人がどこか遠い目をする。その横顔を眺めるうちに、まだ知らない和人のことをもっと知りたいと思ってしまった。

中身が半分になったグラスをテーブルに置いた瞬間、ふわりと身体が傾ぐ。

——いけない。少し酔ったかもしれない。

「失礼いたします」

ふわふわとする足を諫めながら席を立った。酔いが回ってしまわぬうちに、一度頭を冷やしておく方がいいだろう。

「大丈夫か」

「はい。すぐに戻りますので」

ソファを離れるや、ボーイがさりげなく近づいてきて、レストルームの場所を教えてくれた。真がはじめてこの店を訪れた客だからと気にかけてくれたのだろう。

ありがたく礼を言ってトイレに入り、スーツの袖を濡らさぬよう注意しながら水道の蛇口《じゃぐち》を捻る。冷たい水で顔を洗うのはこれで二度目だ。よく空気を含んだ水は顔に触れるとシュワシュワと弾《はじ》け、火照《ほて》った頬に心地よかった。

頭の中が徐々にクリアになっていく。

身嗜みを整えてフロアに戻ると、和人の傍に誰か立っているのが見えた。

もしかして、サックスの師匠と彼が呼んでいた相手ではないだろうか。屈託なく笑う和人は子供のようで、なんだか微笑ましくなってしまう。

邪魔をしてはいけないと踵を返そうとした時だ。

「さっき一緒にいた彼は？　おまえが誰かを連れてくるなんてはじめてじゃないか」

その瞬間、ぴたりと足が止まる。

――まさか、私のこと……？

自分が話題に出るなんて思ってもいなかった。

戻るに戻れなくなった真は、とっさに柱の陰に身を隠す。ちょうど観葉植物の葉陰にもなっていて他の客からも見えない位置だ。おかしなことをしているという自覚と、もっとおかしな話だけれど、和人がここに連れてきた人間は自分がはじめてだったという事実に柄にもなくそわそわとなった。

「彼はうちの執事です。今日は、我儘《わがまま》を言って一緒に来てもらいました」

「おまえがご当主様になるとはなぁ」

やんちゃだった頃の弟子を知っているからだろう。観門はしきりに唸《うな》っては和人を笑わせた。

「俺はなんにも変わりませんよ。どんなに地位があったって、金があったって、なにもなかった頃の自分から大事なものが変わってしまうのは嫌だ」

「あいかわらずだな」

観門がうれしそうに白い歯を覗かせる。

「あぁ、でも、少しは変化もあったのかな」

「それは？」

「今までの俺は、自分のために生きてきました。でも、あいつが……立石が、俺を立派な当主にしようと頑張ってくれるのを見ているうちに、その期待に応えたいと思うようになったんです」

「おまえの教育係はどんな人なんだ」

「芯が強くてまっすぐで、嘘をつかない男です。――尊敬しています」

驚きのあまり息が止まった。

――そんなふうに、思ってくれていたのか。

じわじわとこみ上げる、この気持ちはなんだろう。前の主に仕事を褒められた時だってこんなふうにはならなかった。いつものからかい口調とは違う真面目なトーンに、それが和人の本音だとわかる。だからこそ、シャンパンの気泡が弾けるように鼓動はどんどん速くなった。

「おまえにも、やっと帰る家ができたってことか」

「出来の悪さに見限られないようにしないと」

そんな和人がやけに眩しく見えて、真は高鳴る胸を服の上からそっと押さえる。

彼が、自分のために立派な当主になろうとしてくれている。

ならば自分も執事として、和人を全力で支えたい。自分にできる精一杯でこの方に生涯仕えたい。

手のひらに鼓動が伝わってくる。

ドクドクと脈を打つ熱い血潮《ちしお》を感じながら、真は決意を胸に刻むのだった。

＊

「なーんか最近、雰囲気がやわらかくなりましたよね。なんかいいことあったんすか」

いつものように和人に手紙や小包を届けた帰り。

廊下を歩いていると、ちょうど作業を終えたらしい葉崎が声をかけてきた。

「私ならいつもどおりですが」

普通に答えたつもりだったのだけれど、葉崎にはなぜか笑われてしまう。

「立石さんって自覚ないタイプだったんすね」

葉崎曰く、最近の真はとてもおだやかになったのだそうだ。雰囲気や顔の表情、言葉の端々にそれが現れているという。

そうだろうか……？

自分ではあまり意識したことがない。しいて言えば、仕事が楽しいと思うくらいだ。

「よく笑ってますよ」

「笑ってるって……私が、ですか？」

「うわー。ほんとに気づいてなかったんだ。高坂さんと楽しそうに喋ってるじゃないすか」

確かにあの日以来、和人とは距離が縮まったように感じる。仕えるべき相手に巡り会えたと確信したし、そんな和人の世話をさせてもらえることは執事としてこれ以上ないよろこびだった。

「高坂さんも、立石さんがいるとすごく楽しそうだし。……そうそう、この間チャーリー・ブラウンのこと聞かれたんすよ。ほら、じいちゃんにあげたことがあったでしょ」

葉崎が指差した方角には、いつか九重に送ったアプリコットブラウンの薔薇が見える。

「高坂さんも薔薇がお好きなんですかね？」

「どうでしょう……？」

レッスンの合間に胸ポケットに挿したことはあったけれど、本人から薔薇の花を好むというような話を聞いたことはない。

真が首を捻っていると、葉崎は思いついたように裏から一抱えもある蔓薔薇を運んできた。

「この木、冬の間に剪定したんすけど、またすごい勢いで伸びてきちゃって……。別のオベリスクに干渉しそうでさっき枝を落としたんです。よかったらお屋敷に」

「よろしいんですか？」

「飾ってもらえれば花もよろこびます。匂いもそんなに強くないから寝室に置くのもいいですよ」

手渡されたのはピエール・ドゥ・ロンサールという品種だそうだ。

この家に来てからというもの、葉崎のおかげで植物の知識は毎日のように増え続けている。教えてもらったばかりの名前を胸に刻むと、真はあらためて腕の中の花を見下ろした。

ころんとした、カップ咲きのかわいい薔薇だ。外側の花弁は白く、幾重《いくえ》にも重なる花びらは中心に向かって淡く色づく。薄桃色のうっとりするようなグラデーションは優美で気品があり、ずっと見ていても飽きることがなかった。

真はさっそく薔薇を和人の部屋に持っていく。主は留守だったようで、真は「失礼いたします」と断ってから中に入った。

仕事の邪魔にならないように、控えめに飾るのがいいかもしれない。

シンプルなクリスタルのフラワーベースをどこに置こうか考えていると、ちょうど戻ってきた和人に後ろから声をかけられた。

「へぇ。薔薇か」

「はい。葉崎さんがわけてくださったんです。旦那様にどうぞと」

「粋《いき》な贈りものだな。それに引き替え……」

和人がうんざりした様子でローテーブルに目を遣る。その視線の先には未開封のまま置いてある封筒があった。

「……なんとかならないもんか」

和人の噂を聞きつけた親戚や先代の関係者が勝手に見合い写真を送ってよこすのだ。送り主たちの気持ちはわからないでもないが、主の事情を知っている真としては強く勧めるわけにもいかない。

どう返したものかと思っていると、和人が唐突に訊ねてきた。

「そういえば、立石は好きな相手はいないのか？」

「……っ！」

うっかり手から花瓶を落としそうになる。

「そんなに動揺しなくてもいいだろう。それとも、心当たりでもあるのか？」

いつの間にかすぐ傍にいた和人に顔を覗きこまれ、取り繕《つくろ》う間もなくかたまってしまった。

「おまえもそんな顔をするんだな」

やけにうれしそうな和人を前に、なすすべなく顔を伏せるばかりだ。

どうしようと思っていたところで不意に来客を告げるベルが鳴った。

「お客様のようです」

助かったとばかりに一礼して玄関に向かう。その間にも、ポケットの中の小型受信機は小刻みに振動し続けた。急ぎの用なのかもしれない。

「お待たせして申し訳ございません」

玄関ドアを開けると、そこに立っていたのはひとりの小柄《こがら》な青年だった。

つぶらな瞳でじっとこちらを見上げてくる、その強い眼差しには覚えがあった。

「あなた様は……」

記憶が確かならば、この間のガーデンパーティで何度か目が合った、あの彼だ。

青年は真を頭の天辺《てっぺん》から足の先まで値踏みするように見た後で、「ふうん」と肩を竦めた。

「執事だったんだ。余計な心配して損しちゃった。ま、その方が都合はいいけど」

ふふっと笑った顔がやけに蠱惑的《こわくてき》で、一瞬、目の前にいるのが同性であることを忘れてしまいそうになる。こうして見るとずいぶんと華奢で、やわらかなショートボブといい、やけに血色のいい唇といい、男性的な香りが薄い。

真が思わず目を奪われていると、そんな反応には慣れっこなのか、相手はキョロキョロと家の中を覗きはじめた。

「高坂さんいる？」

「失礼ですが、主人とどのようなお約束でしょうか」

「約束なんてしてないよ。驚かそうと思って来ただけ。高坂さんに、小鳥遊望《のぞむ》が会いに来たって伝えてくれる？」

——な……。

一瞬、言葉に詰まった。驚いたことに、彼はあの小鳥遊氏の息子だったのだ。

確かに、そう言われてみれば目元の辺りが母親に似ている。物怖《ものお》じしない性格も、自信たっぷりな笑い方もそっくりだ。

おだやかな父親の血は娘の方が継いだのだろう。和人とのツーショットを思い出した途端、もやっとしたものがこみ上げそうで、真は慌てて頭の中から余所事を追い払った。

見合いの話は、和人自ら後日丁重に断った。

そのせいで旧知の仲である小鳥遊と気まずくなることも和人は覚悟していたようだが、この話自体が小鳥遊本人の与り知らぬところで妻が勝手に進めたものだったらしく、迷惑をかけてすまなかったと逆に謝罪されたそうだ。

多少はゴタゴタしたものの、一段落してからはまた平穏《へいおん》なつき合いに戻ると思っていたのだけれど、その小鳥遊家の息子がわざわざこうして出向いてくるとはいったいどういうことだろうか。

「本日はどのようなご用件でしょうか」

やや緊張しながら訊ねると、望はわずかに小首を傾げ、いいことを思いついたというように唇を弓形に撓らせて笑った。

「協力してくれる？」

「なにをでございましょう」

「僕、高坂さんに一目惚《ぼ》れしちゃったんだよね。だからうまいこと取り計らってよ」

「…………」

あまりに予想外すぎて、なにを言われているのか理解できない。

戸惑う様子に苛ついたのか、望が胡乱《うろん》な目を向けてきた。

「なんか文句でもあるわけ？」

「いえ、そのようなことは……。ですが、旦那様は男性でして……」

「そんなのわかってるよ。僕、ゲイだから」

呆気《あっけ》に取られる真をよそに、望は楽しそうに話し続ける。

「パーティで苑子とお見合いするっていうから遠慮してたけど、高坂さんあの話断ったんだってね。だったらあの日奪っちゃえばよかった」

にこにこと笑っているくせに、口から出る言葉はおだやかではない。

同性愛者であることをあっけらかんと打ち明けた望は、和人が同じ性嗜好《しこう》だと気づいて来たのか、それともほんとうに、単なる一方的な一目惚れなのか……。

望を応接室に案内した真は、すぐさま和人の部屋に取って返した。

「前代未聞《みもん》すぎる……。しかも、よりによって小鳥遊さんの息子さんとは……」

事の次第を聞いた和人が大きな手で額を覆う。

「本日はお引き取りいただいてはいかがでしょう。後日、あらためて小鳥遊様にお話をされては」

そもそも、アポイントもなしに突然家に押しかけてくること自体、大人としては慎《つつし》むべき行為だ。しかもその目的が一目惚れした相手に会いたいからというのだから、ここは躾《しつけ》の一環として両親から言ってもらうのが良いのではないだろうか。

けれど、和人は苦い表情でなにかを考えている。

しばらくすると、覚悟を決めたように毅然と椅子から立ち上がった。

「会うだけ会おう」

「旦那様？」

いったい、どういうつもりだろう。

「そんな強引な相手を追い返すのは難しいだろう。ましてやもう家の中にいる。このまま黙って帰るとは思えない」

望を応接室に案内した自分の対応が間違っていたのかもしれない。

「申し訳ございませんでした」

頭を下げると、励ますように軽く肩を叩かれた。

「おまえを責めてるわけじゃない。そんな顔するな」

「ですが……」

「一目惚れだって？　変わったやつもいたもんだな。だとしたら、責められるべきは俺の類《たぐ》い稀《まれ》なる美貌《びぼう》だろう。おまえもそろそろ気がついてもいいと思うんだが」

そんなふうに茶化してくれるのが彼なりのやさしさなのだ。その気遣いをありがたく思いながら、和人に続いて真も応接室へと向かった。

重厚なドアにノックを三度。

望は、和人が顔を見せるなり勢いよくソファから立ち上がった。

「こんにちは、小鳥遊望です。今日は突然来てしまってごめんなさい。高坂さんにどうしてもお礼が言いたくて」

望はにこやかに和人に歩み寄り、握手を求める。

「先日はパーティに来てくださってありがとうございました。父がとてもよろこんでいました」

「こちらこそ、お招きいただき光栄でした。小鳥遊さんはお変わりありませんか」

「はい。おかげさまで」

和人が椅子を勧める。

向かい側に腰を下ろした望は、にっこり笑いながら小首を傾げた。

「あの日は、高坂さんとお話ができなくて残念だったなぁって思ってたんです。高坂さんって頼れる大人の男って感じで格好いいし、そういうの憧《あこが》れちゃうなって」

小鳥遊夫人の時もそうだったが、望には和人のすぐ後ろに控えている真など目に入っていないか、あるいはただの使用人だと気にも留めていないのだろう。

対する和人も好意的に応じている。社交上そうするように指導したのは自分なのだけれど、和人に好意を寄せる相手に対しても同じようにふるまっているのだと思うと、どうにも胸がもやもやした。

なんとなく居心地が悪くて、真はお茶の用意のために一度部屋を出る。

自分を落ち着かせる意味でもていねいに紅茶を淹れて戻ると、望はなぜか和人の隣に座っていた。

子供でもあるまいし、一度座った場所を変えるなんて、それも主の隣に座るなんて、いったいどういう了見《りょうけん》だろう。

和人に目で問うものの、わずかに首をふられるばかりだ。

——詮索《せんさく》せず、か。

しかたなしにふたり分のティーカップを並べて出す。

さっそくカップに手を伸ばした望は、この時はじめて真に向かって微笑んだ。

「ありがとうございます。僕、紅茶大好きなんです」

さっきとはまるで別人だ。

にこにこしながらカップを傾けた望だったが、一口飲むなり「あちっ」と目を丸くした。

「舌、火傷《やけど》しちゃったかも……。高坂さん、どうしよう」

望は上目遣いに和人を見ながらうっすらと口を開く。もっとよく見てと言わんばかりに顔を近づけはじめた望の肩を押さえつつ、和人が真に素早く命じた。

「すまないが、冷たい水を頼む」

「かしこまりました」

一礼して部屋を出る。

キッチンに向かって急ぎながら、自分が思っていた以上に気を張っていたことに気がついた。

心臓が高鳴っているにも拘《かか》わらず、指先だけが不自然に冷たく震えている。緊張した時の癖なのだ。

こんな時、白手袋のおかげで周囲に動揺を悟られずに済むことだけが救いだった。

——あのままだったら、キスされていたかもしれない……。

さっきのふたりを思い出し、真は目を背《そむ》けるように瞼を下ろす。

「……いけない」

余計なことを考えていては。

真は一度大きく深呼吸をすると、氷の入ったグラスを持って急ぎ身を翻した。

幸いなことに、望は大事には至らなかったようだ。冷たい水を差し出すと望は頬を膨《ふく》らませながらそれを受け取り、ごくごくと喉を鳴らして一気に干す。その後は、火傷騒ぎなど忘れたかのように再び和人に向き直った。

「高坂さん、さっきのお話の続きをしましょう。ふたりで」

今度は打って変わって、真のことを邪魔だと言うように横目で睨む。

けれど、これまで和人が人払いを命じたことはない。三橋と仕事の話をするならまだしも、来客中に退出するよう言われるとは思えなかった。

だが。

「立石。すまないが外してくれるか」

「旦那様……?」

和人は望の言うとおりにするようだ。これまで片時も離れず傍で控えるのが当たり前だったのに、こんなことははじめてだった。

喉の奥が閊《つか》えたように事実をうまく飲みこめない。それでも、主の命令は絶対だと真は静かに部屋を辞した。

ガランとした廊下に立った途端、虚《むな》しさが胸を迫り上がる。

うまく言葉にできない感情にため息ばかりがこぼれ落ちた。


望はその後何度も屋敷を訪ねてきては、真が見ている前で和人と親密な雰囲気を作ろうとした。最初に来た時こそ猫を被っていた望も、今では明け透けなアタックをくり返している。

和人はやんわりそれを窘め、思い直すよう諭《さと》すのだけれど、和人が自分と同じ性嗜好であることを盾に望は譲ろうとしない。パーティの帰りしな、真たちが話しているのを聞いていたようだった。

「高坂さんが男性を好きになるように、僕も高坂さんを好きになっただけ」

結局はこの一点張りで、議論はいつも不毛に終わるらしい。最近では和人もうんざりしてきているようだった。

それでも、顔に出さないだけ頑張っていると思う。

だから真も、和人の目の届かないところで望から投げつけられる嫌味《いやみ》に耐えていられた。

「うまく取り計らってって言ったじゃん」

庭に面したテラスでティーセットを片づけていた時だ。後ろから詰《なじ》られ、ふり返ると、望がひとりで立っていた。

さっきまでここで和人とお茶を楽しみ、その後はふたりで図書室に行ったはずなのにどうしたのだろうと思っていると、望は「退屈だから出てきた」と頰を膨らませた。

「高坂さんさっぱり靡《なび》かないんだもん。あの人、好きな人でもいるわけ？」

「存じ上げません」

「いないよね？　いるわけないよね？　男同士なんてそうそう相手も見つかんないでしょ？」

「私にはわかりかねますが……」

「なんだよ、つまんないな。主人がゲイだって知ってるくせに」

「それで仕事に対する姿勢が変わるわけではありませんから」

かつて和人にも言った言葉だ。もちろん、それだけではない。

「旦那様は、私が生涯お仕えすると心に決めた方です。なにがあってもその気持ちが変わることはありません」

望は一瞬目を丸くしたものの、すぐに白《しら》けたように「ふん」と鼻を鳴らした。

「ばっかみたい。今時、忠誠心？　報《むく》われないのに？」

「構いません」

「いくらあんたが尽くしたって、高坂さんに恋人ができればお払い箱じゃん。お茶の支度も、着替えの手伝いも、全部僕がやってあげるんだから」

「……え？」

ついい、素の自分が出た。

そんな真に、望はニヤリと赤い唇を持ち上げてみせる。

「わかんないかなぁ。あんたはもうすぐ用済みだって言ってんの。……まぁどっちみち、僕が高坂さんの恋人になったら執事なんて解雇《かいこ》しちゃうけどね。大事なとこで邪魔されたくないもん」

あんた面倒くさそうだし、とだめ押しされ、真はとっさに答えることができなかった。

――旦那様に、恋人……。

前にも考えたことがある。あの時はただの想像でしかなかったけれど、それが今、目の前で現実になるかもしれないなんて。

そう思った途端、なぜか胸が苦しくなる。執事の分際で動揺するなんておかしいと頭ではわかっているのに、恋人という単語にみっともなく狼狽《うろた》えてしまった。

黙りこんだ真を、望は目を眇めて見ている。

「大好きなご主人様と離ればなれになるなんて寂しい？」

「な、なにをおっしゃっているのかわかりません」

「せいぜい今のうちに尽くしておきなよ。あ、それと今度高坂さんの好きなお茶教えて。次から僕が淹れるから」

じゃあね、と手をふって望は図書室に戻っていく。和人にアタックするのだろう。あの細い身体のどこにそんな打たれ強い精神が宿っているのか真には想像もつかなかった。

「やなやつっすねー」

不意に後ろから声がかけられる。

驚いてふり返ると、いつからそこにいたのか、葉崎が立っていた。

いつものツナギを腰で縛り、手には剪定鋏を持っている。庭仕事をしていたのだろう。恥ずかしいところを見せてしまったと詫びる真に、葉崎は憤慨《ふんがい》を露わにした。

「なに言ってんですか。恥ずかしいのはあっちの方でしょ。だいたいね、人ん家《ち》に押しかけて来て、そのたんびに高坂さんに迷惑かけて、挙げ句には立石さんに向かってあの口の利き方！　許せん！」

喋っているうちに余計腹が立ってきたらしく、その勢いはまるで機関銃だ。

「立石さんも、ほら、思ったことは口に出して」

「い、いえ……」

「ムカつかないわけないでしょうが。いくら使用人たってね、俺たちは高坂さんの使用人であって、あいつの家来《けらい》じゃないんだから。いくら客だってやっていいことと悪いことぐらいあるでしょうよ」

「あの、落ち着いて……」

「もー。立石さんが怒らないから俺が代わりに怒りますよっ」

プリプリと文句を並べ立てる葉崎を見ているうちに毒気を抜かれる。自分のためにこんなに怒ってくれているのだと思ったら、おかしな話だけれど、うれしくなってしまった。

「ありがとうございます。少し、すっきりしました」

本当はこんなことを言ってはいけないのだけれど。

そうつけ加えると、葉崎はやれやれと嘆息した。

「立石さんは大人だなぁ。全然顔に出ないし……。俺はだめ。めっちゃ出る」

「そうみたいですね」

思わず笑みがこぼれ、それを見た葉崎も破顔《はがん》した。

「でも、たまにはガス抜きしないとだめですよ。あんなやつの言うことといちいち正面から受けてたらこっちが疲れちゃう」

葉崎は肩を竦めてみせた後で「それにしても」と続けた。

「高坂さんはどう思ってるんすかね。あんなやつのどこを気に入って相手してんだか……」

「……」

胸の奥からもやっとしたものがこみ上げかけ、真は無理やりそれを呑みこんだ。

そうしながらもふと、葉崎があまりに自然に事態を受け止めていることに気づく。和人も望もどちらも男性なのに、恋人だのなんだのと言っていることを彼は変に思わないのだろうか。

おそるおそる訊ねてみると、葉崎は意外にも「知ってますよ」とさらりと答えた。

部屋に飾ったピエール・ドゥ・ロンサールを気に入った和人が、後日庭の手入れをしていた葉崎に声をかけたことがあったのだそうだ。

主がいよいよ薔薇に興味を持ったと思った葉崎は、待ってましたとばかりていねいに説明した後で、ついでにと花言葉を教えた。彼女に贈る時に添えるといいと勧める葉崎に、和人は「ありがたいが、その予定は一生ないんだ」と苦笑したらしく、その時にピンときたのだという。

「友達にそういうやつもいたから別に驚きはしなかったけど、万が一あのチンクシャとくっついたら俺は反旗《はんき》を翻すぜ、高坂さん……」

葉崎が低い声で唸る。

主や仲間を大切に思ってくれることはほんとうにありがたいのだけれど、いつまでも彼の手を止めさせるわけにはいかない。そろそろ仕事に戻ろうと促すと、葉崎は渋々ながら承知してくれた。

「なんかあったらすぐ言ってくださいよ。立石さん、溜めこみそうだから」

「すみません。ありがとうございます」

ほんとうに、ありがとうございます……。

歩いていく後ろ姿に心の中でくり返す。一呼吸置くと、真もまたティーセットを載せた銀盆を手にキッチンに向かって歩きはじめた。

料理人がいない時間帯は食器を洗うのも真の仕事だ。カップやソーサーをすすぎながら、ひとりになった気安さに押し出されるまま真は長いため息をついた。

胸の奥になにかが澱《おり》のように溜まっているのがわかる。一度気がついてしまうともうだめで、どんなに気にしないようにしようと思っていても、もやもやとした黒いものは否応《いやおう》なしに膨らんでいった。

――大好きなご主人様と離ればなれになるなんて寂しい？

望の言葉が甦り、真は小さく首をふる。

和人は、自分が生涯仕えると決めた、ただひとりの人だ。和人との間には尊敬があり、忠誠がある。そしてなにより大きい信頼がある。この気持ちは揺らぐことのない強いもので、浮ついた一時だけの感情ではない。

だから、「大好きなご主人様」だなんて生半可《なまはんか》な呼び方をされたくないのだ。好きや嫌いといった個人的な感情は恋愛となんら変わらない。

――どこを気に入って相手してんだか……。

葉崎が吐き捨てた言葉だ。和人のことを「好き」だと言う望を、少なくとも和人が相手にしていることに対する不満だった。

あ……。

頭の中がものすごいスピードでクリアになっていく。これまで気にしていなかったこと、気づいていたのに知らないふりをしてきたことが一気に明るみに出るような、ひたひたとした恐さがあった。

自分のことを恋愛対象として見ている相手に、なんの好意もなく何度も接することを許すだろうか。

望の勝ち誇った顔が脳裏《のうり》を過ぎる。

その瞬間、ツキッと胸が痛んだ。

「……え……？」

驚いた拍子に声が洩れる。

これまでもやもやとしたことはあっても、胸が痛むようなことはなかった。

なんだろう、これは……。

常に冷静であるべき執事がなにを動揺しているんだと自分を叱咤《しった》しても治まりそうにない。それどころか、テラスでお茶を飲んでいたふたりを思い出すだけで痛みはさらに酷くなっていった。

望の訪問を和人はあまり歓迎していなかったはずだ。少なくとも、望が来たと呼びに行くたび彼はため息をついていたから。

それでも望とふたりでいる時は邪険《じゃけん》にすることもなく、実に紳士的にふるまっている。堅物《かたぶつ》さ具合は望が臍《へそ》を曲げるほどだけれど、それでも、そうやって毎回時間を取っていること自体が真には理解できなかった。

けれど、そこに某かの邪険にできない理由があるのなら。見合い写真は中も見ずに送り返すくせに、相手が同性なら話は別なんだろうか。

ごくりと喉が鳴る。

そういえば望も言っていた、男同士は相手が見つかりにくいと。

和人は望とどうなるつもりだろう。好きになってしまうのだろうか。

――今度、高坂さんの好きなお茶教えて。

もし、和人が望を好きになったら、ふたりは晴れて恋人同士になる。そうしたらお茶を淹れるのは望の仕事だ。さっき自分がそうしたように、ここでお湯を沸かし、カップをあたため、茶葉とともにポットに入れて和人のところに持っていくだろう。

朝食にはミルクをたっぷり入れた濃いめのアッサム、午後にはベルガモットが香るアールグレイ、そして夕食後にはおだやかに一日を締め括るセイロンティー。

はじめはベッドティーさえ知らずに出されるまま口をつけていた和人も、今では好みを言うようになった。彼の舌は敏感だ。そしてとても記憶力がいい。それは味覚だけでなく視覚も、聴覚も、嗅覚《きゅうかく》も、触覚も、とにかく五感のすべてが研《と》ぎ澄まされている人なのだ。

――触れてしまえばすぐにわかる。

そんな和人だからこそ、お茶ひとつ出すのにも適度な緊張感と、一口飲んでほっとしたような顔を見る時の満足感を味わうことができた。

けれどそれを、それすらも、望に奪われてしまう……。

はっとした。

それから、愕然《がくぜん》とした。

――自分は今、なにを思った？

動揺を必死に抑えながらなんとか食器を片づけ終える。気を抜いたらその場に踞《うずくま》ってしまいそうで、必死に己を奮い立たせていると、遠くから聞き覚えのある足音が近づいてきた。和人だ。

今一番会いたくない、けれど主である以上、応対しないわけにはいかない相手だ。

「ここにいたのか」

そんなおだやかな声にも、今はまっすぐに顔を上げることができなかった。

和人はそれを、心労のせいだと思ったのだろう。

「あいつが来るたびに疲れさせてすまない」

「いえ……」

和人の口ぶりはまるで身内を語るようで、またも胸が痛くなる。今度はなまやさしいものではなく、先の尖ったなにかで胸の真ん中を突かれたようなズキリと重たい痛みだった。

どうして。今までこんなことなどなかったのに。

「顔色がよくないな。後のことは俺がするからおまえは休んでいるといい」

「いいえ、私なら大丈夫です」

これ以上余計な心配をかけないように真は無理やり微笑んだ。

主に気を遣わせてはいけない。頭ではわかっているのに、気にかけてもらえることをうれしいと感じてしまう。今この瞬間だけは自分に向き合ってくれているとわかるから。

――いけない。

すぐさまもうひとりの自分が異《い》を唱《とな》える。そんな考えを持つのは良くない。自分は忠誠心から仕えているのであって、見返りを期待するのは間違っている。

――だけど……。

餓《う》えにも似た我儘な感情に真は翻弄《ほんろう》されるばかりだ。

その場の空気を変えたくて、なんでもいいから話さなければと焦るあまり、よりにもよって望の話題が口から出た。

「先ほど、小鳥遊様から旦那様のお好きなお茶についてお訊ねがありました。恋人になられた暁《あかつき》には
ご自分で旦那様にお淹れしたいそうです」

「なんだって……？」

怪訝《けげん》な顔をされ、余計なことを言ったと思ったものの後の祭りだ。

和人はなにか思うところがあるのか、きっぱりと首をふった。

「俺は、おまえがいい」

――――え？

さっきまで躊躇《ちゅうちょ》していたことすら忘れ、真はじっと和人を見上げる。

どういう意味だろう。彼は望の相手をしているのに。

それとも……。

心臓が早鐘《はやがね》を打つ。漠然《ばくぜん》としていた考えが次第に鮮明になってゆく。

これは、期待、なのか……？

小刻みに身体が震える。自分の中から湧き上がった言葉に真がますます狼狽えた時だ。

和人がなにかをこらえるように眉を寄せ、それから小さく首をふった。

「俺は、おまえの淹れてくれた紅茶が好きだ」

その瞬間、それまで和人しか見えていなかった視界が急に現実のそれに切り替わった。

――自分は今、なにを考えていた……？

高鳴っていた心音は虚しさに吸い上げられて静かになる。自分でも驚くほどの変化に言葉もない。なにを落胆《らくたん》しているのだろう。そんなこと自体がおかしいのに。

不意に頭を撫でられる。

驚いて顔を上げると、こちらをじっと見ていた和人と目が合った。

「珍しいな。おまえがそんな顔をするなんて」

「……っ」

指摘され、ますますいたたまれなくなる。

主最優先でなければならない執事が個人の感情を表に出してしまうなんて。それを主に指摘されてしまうなんて。それも、よりにもよって、こんな口にも出せない身勝手な感情を。

「お……、おやめください」

頭に置かれていた手を払う。

「すまない。子供扱いみたいで嫌だったか」

苦笑する和人に、違うと言いかけて言葉を呑んだ。そんなことないだなんて言えるわけがない。

「ずっと子供の相手をしてるから引き摺《ず》られたかもな」

「――」

和人のなにげない呟きに再び胸が鳴りはじめる。

けれどそれはさっき味わったものとはまったく違う、不穏《ふおん》に満ちた焦りでしかなかった。

望が来て、和人は変わってしまったのだろうか。これからも変わっていくのだろうか。自分が彼を教育したように、望が彼の別の一面を引き出すのだろうか。

強く奥歯を嚙み締める。意識していないとおかしな言葉が口から飛び出してしまいそうだった。

「……こういうことは、小鳥遊様になさいませ」

「立石？」

「きっとおよろこびになりますよ」

自分は今、酷い顔をしている。その自覚がある。

天秤《てんびん》の真ん中に和人を置いて、望と自分を左右の皿に載せている気分だ。全部自分の独り相撲《ずもう》だとほんとうはわかっているのに。

こんなことでは示しがつかない。もっと毅然と在らねばならない。もはやふたりでいることも辛く、真は半ば《なか》強引に話を切り上げた。

「申し訳ございません、旦那様。私は次の仕事がありますので……」

そう言って和人の横をすり抜けようとした時だ。

「お……っと」

いつになく動揺していたせいか、なにもないところで躓《つまず》いてしまう。逞しい腕に傾いだ身体を支えられ、強く抱き締められて、もはやごまかしようもないほど鼓動が逸った。

まさか、こんなことがあるなんて。

旦那様に抱き締められているなんて。

それが転びかけた自分を支えるための、なんの他意もない行為だとわかっていても、押さえつけた期待の分だけ身勝手なほどに胸は鳴った。

「大丈夫か」

耳元で聞こえる声にぞくぞくとした震えが走る。

「立石」

顔を上げ、まっすぐに自分を見つめる漆黒の瞳を捉えた瞬間——このズキズキと胸を叩くものの正体に気づかされた。

——まさか……。

あまりのことに声も出ない。

私は、旦那様のことをそういう目で見ているのか…………？

「も、申し訳ございません。大変失礼いたしました。お許しください」

「どうしたんだ。そんなに慌てなくても……」

「失礼いたします」

和人をふりきってキッチンから駆け出す。

廊下を走ってはいけないとあれだけ口を酸っぱくして彼に教えた自分が今、同じことをしている。

頭では良くないとわかっていても、そんなことを構う余裕はなかった。

自室に戻り、鍵をかける。

ベッドに辿《たど》り着くなり膝から崩れ、そのままシーツに突っ伏した。

「………」

私は、なんということを……。

強くシーツを握り締める。どんなに唇を嚙み締めても、ベッドに額を押し当てても、現実はもうごまかしようもなかった。

あの力強い腕に抱き締められて、わかってしまった。自分は旦那様を……好きなのだ。尊敬の気持ち以上に、ひとりの男性として。

「そんな……」

執事が一番やってはいけないのは、個人の感情に流されることだ。主に想いを寄せるなどあり得ないし、ましてや結ばれたいなど許されるわけもない。主は雇い主であり、絶対であり、対等以上の関係には決してなれないと決まっている。

わかっている。わかっていた。わかっていた、はずだったのに……。

この仕事に自信と誇りを持っていた自分がタブーを犯してしまうなんて。よりにもよって主である和人を恋愛対象として見てしまうなんて。

ぶるぶると震える身体を自分で強く抱き締める。

その瞬間、立ち上る甘い香りに真はビクリと身を竦め、こみ上げる衝動に顔を歪《ゆが》めた。和人の移り香だった。

甘く、複雑で、スパイシーな香りはまるで和人そのものだ。抱き締められた時に移ったのだろう。こうしていると今も彼に抱かれているようでたまらなかった。

「……っ」

かたく目を閉じ、唇を嚙んで、ズキズキとした痛みをやり過ごす。

生まれてはじめての恋は、ただの後悔でしかなかった。

＊

それからというもの、真は不要な感情を押しこめるべく仕事に没頭《ぼっとう》するようになった。

家の中を完璧に整えようと思えば手を入れるところはいくらでもある。特に広い屋敷ともなれば、部屋数が多い分だけどうしてもあちこちに綻びは見つかるものだ。

めったに使わないゲストルームのキャビネットは蝶番《ちょうつがい》がゆるんでいたし、図書室に並べられた蔵書の中にはうっすらと埃が積もっているものもあった。

長い間、時が止まっていたものたちをひとつひとつ点検し、ネジを締め、埃を払う。作業は膨大《ぼうだい》で大変だったけれど、目の前のことに集中している間は胸の悶えを忘れられたし、屋敷がかつての美しさを取り戻していくのは清々しかった。

ここは、自分が忠誠を誓った場所だ。

自分は御堂家に仕えるため、当主を支えるためにここに呼ばれた。だからこそ執事の本分を全《まっと》うし、周囲の期待に応えなければならない。そして、この仕事に対する自信と誇りを取り戻さなければならない。

この家で過ごした一月は、真にとって驚きであり、よろこびであり、そして深い後悔でもあった。いかなる不測の事態にあっても冷静に対処できると思っていた自分が、いざ想いを自覚した途端、みっともないほど動揺した。和人の前ではどんな鉄面皮《てつめんぴ》も役には立たないことを思い知った。

彼の声を聞いただけで、気配を感じただけで胸が痛む。それでも、いつか慣れる日がくると自分に言い聞かせて耐えるより他になかった。

こんな時、恋愛事に長《た》けていればやり過ごし方もわかるだろうに。誰かを想うことに不慣れな心は些細《ささい》な出来事にも敏感になり、無防備に傷つくことをくり返した。

自分のことなのに、まるで制御できない。

出口のない迷路に迷いこんだような不安を抱え、そんな自分を認めたくなくてますます仕事にのめりこむ。そんな真の姿は、和人の目にもいつもと違って映るのだろう。

「最近、元気がないようだな。疲れてるんじゃないのか？」

折に触れ、和人は体調を気遣ってくれるようになった。

以前に比べて格段に一緒にいる時間が減っているにも拘わらず、ほんの少しの変化も敏感に察してしまう。俯《うつむ》きがちに答える真の態度を責めるどころか、冗談を言って笑わせようとさえしてくれた。

「たまにはつき合ってくれないか？」

そう言って、三時のお茶に誘ってくれたこともある。

「葉崎が、テラスの薔薇が咲いたから見てくれと言ってたぞ。今日は天気もいいし、外で息抜きするのはどうだ？」

あたたかな日差しの下、美しい庭を見ながらのティータイムはきっととても素敵だろう。隣にいるのが和人ならば、そのよろこびはなにものにも代えがたいに違いない。

だから——だめなのだ。

馴れ合ってはいけない。もう二度と、主と同じ席に着くことを自分に許してはならない。これから先も執事として和人の傍にいたいのならば。

真が言葉少なに断ると、和人は一拍置いてから、「そうか」とだけ呟いた。

これまでは真が折れるまであの手この手で誘いかけていた和人も、今や二の句を継ぐことはない。ただどうしていいかわからないというように眉を寄せ、そんな自分に気づいて無理に笑ってみせる、そんなどっちつかずの表情に彼の戸惑いが垣間《かいま》見えた。

自分が、あの人にそうさせている。

あかるく前向きで、エネルギーにあふれた和人にそんな顔をさせている。そして彼の中で折り合いがつくのをただじっと待っている。

自分は狡《ずる》い人間だ。

こみ上げる自己嫌悪をねじ伏せるように真は腹に力を入れた。

——しっかりしろ。こんなことでは御堂家の執事は務まらない。

この家のため、そして和人のために、自分には職務を全うする義務がある。そのためには余計な感情など切り捨てていかなければいけないのだ。

ピンと背を伸ばし、真は目の前の仕事に戻る。

カウンターにずらりと並べられた銀のカトラリー。それらを一点の曇りもないようピカピカに磨《みが》き上げるのも自分の仕事だ。

真はペースト状にした紅殻《べんがら》を指に取り、直接銀器に擦りつける。昔ながらの流儀をこよなく愛するイギリス人の主に仕えて以来、今も続けている銀食器磨きのやり方だ。

これも慣れないうちは大変だったっけ……。

英国での日々が懐かしく思い出される。考えてみれば半年前まで向こうにいたのに、もうずいぶん遠い過去のように思えた。

この屋敷で過ごした日々も、いつか思い出になる日がくるのだろうか——。

「……っ」

背筋に冷たいものが走った。

大切なものが指の間からこぼれるような、足下の床が抜けてすり鉢《ばち》の底に呑みこまれてゆくような、得《え》も言われぬ焦燥《しょうそう》に駆られる。

――違う。

真は慌ててそんな自分を奮い立たせる。

思い出になんてしない。ここを離れるつもりもない。あの人は、自分が生涯仕えたいと思ったただひとりの人だ。その人のもとを離れて自分に行くところなんてどこにもない。どこにもないのだ。

己に言い聞かせるとともに、決意を示すように手元に意識を集中させる。

一心不乱に銀器を磨いているうちにどれくらい経っただろう。ふと、気配を感じて顔を上げると、戸口には和人が立っていた。

「精が出るな」

カウンターの上で山を成す銀器に、感心したように声をかけられる。

その瞬間、真ははっと我に返った。

「ご足労《そくろう》をおかけして申し訳ございません」

慌てて頭を下げる。和人がキッチンにまで足を運ぶのは、実ははじめてのことではなかった。

和人は、真を呼ぶためにベルを使わない。

執事相手に気を遣う必要なんてまったくないのに、鈴で人を呼びつけるなんて顎《あご》で使っているみたいで嫌だからと、用事がある時は自ら屋敷の中を探して歩く。おかげで、真が携帯している小型受信機はいつまで経っても来客を報《しら》せるインターフォン専用だった。

「気が利かずに失礼いたしました。なにかご用でしょうか」

真は、ペーストで汚れた手を前掛けで覆いながら向き直る。両手を隠した格好が、図らずとも腹に後ろめたいものを抱えているようでなんともやりきれなかった。

和人は真の手の辺りを見、それからナイフに目を向ける。

「そうやって磨くのか。知らなかった。手でやるんだな」

「はい。昔ながらのやり方ですが、この方が性《しょう》に合っておりますので」

答えてから、古いことに拘る頑《かたく》なな人間だと思われただろうかと不安になる。これまで、そんなこと一度も気にしなかったのに。

「立石らしいな」

「……え？」

それは、どういう意味だろう。

意外な答えに思わず顔を上げかける。目を合わせることまではできなかったけれど、意図は伝わったのか、和人がほっとしたように笑う気配がした。

「ナイフもフォークもいつもすごくピカピカだから、どうやって磨いてるんだろうと思ってたんだ。

「そうやっておまえがコツコツ頑張ってくれたおかげなんだな」

そっと手を取られそうになり、真は条件反射で後退《あとずさ》る。

「いけません。お手が汚れます」

「構わない」

「いいえ。いけません」

つい、強い口調になった。

和人は驚いたように動きを止め、「すまなかった」とすぐに手を引く。

気まずい空気に真は深く頭を下げた。

「私の方こそ、お気を悪くさせてしまい、申し訳ございませんでした」

「そんなに謝るな。別に大したことじゃないだろう」

和人が笑って流そうとしてくれているのがわかるだけに、せめて目を見て話をしなければと思うのだけれど、思いきって顔を上げた真は和人の澄んだ眼差しに当てられ、逃げるように視線を逸らした。

執事として正しくない行いを見透かされるような気がして恐くなった。

絶対に、知られてはならない。ボロが出る前に早くひとりに戻らなくては。

「旦那様、ご用をお伺いいたします」

震えそうな声をなんとか絞り出す。

けれど、返されたのは予想に反して煮えきらない答えだった。

「いや、用ってほどのことじゃないんだ。おまえがどうしてるかと思ってな」

「どう、とは……？」

「なにをしてるのか気になったんだ。最近、あまり顔を合わせないだろう」

気づかれている――。

一瞬言葉に詰まったものの、すぐにもっともだと思い直した。レッスンだなんだと四六時中ついて回っていた執事が、今や一日の大半を主の目の届かないところで過ごしているのだから。

「おまえが仕事で忙しくしてるだけならいいんだ。……いや、本当は良くないよな。根を詰めすぎて身体を壊したら元も子もない。だが……」

和人は言いにくそうに言葉を切る。

「あえて顔を合わせないようにしているなら、理由を教えてほしい。改善したい」

改善、だなんて……。

そんなふうに言われるとは思ってもおらず、真はとっさに息を吞んだ。気に入らないことがあれば執事がなんとかするよう、命令すればいいだけなのに。

どうして歩み寄ろうとするのだろう。

どうして構おうとしてくるのだろう。

主としての和人がわからない。そしてその思いは、続く彼の言葉によって決定打となった。

「俺が気づかないうちに、おまえの気分を害するようなことをしてしまっていたなら謝りたい」

「とんでもないことです」

考えるより先に首をふっていた。もうこれ以上、そんな言葉を主の口から出させるわけにはいかなかった。

「そのようなことは一切ございません。どうかお心を砕かれませんように」

「立石、せめてヒントだけでも」

和人は譲らない。もともと勘の鋭い人だから、なにかピンとくるものがあったのかもしれない。だからといって、あなたが好きだからなんて言えるはずもなかった。

「最近はよく図書室におりましたので、それでお顔を合わせることが少なかっただけです。御堂様が古今東西《ここん》からお集めになった貴重な書物を、できるだけ良い状態で保存できればと……。ですから、旦那様が懸念《けねん》されるようなことはなにもございません」

淡々と、だが頑なに突っぱねた。そうするしかなかった。

早くこの話が終わってほしくていつもより早口になる。こんな話し方では和人に嫌な思いをさせてしまうとわかっているのに、うまく自分をコントロールできず、申し訳なさに顔が強張るのが自分でもわかった。

「……」

和人の嘆息が聞こえる。意固地《いこじ》になった執事を面倒だと思ったのかもしれない。

――呆《あき》れられた……。

自分から彼を突っぱねたくせに、今になってため息が重くのしかかる。ごくりと喉を鳴らしたきり、真は身動《みじろ》ぎもできずに立ち尽くした。

「なにが、おまえをそうさせてるんだ」

独り言のように和人が呟く。

「ちょっと前まで自然体でいてくれたのに……。今は、俺といるのが辛そうに見える」

否定できない正解に喉の奥が灼《や》けるようだ。応えてはいけない、揺さぶられてはいけないと思えば思うほど息苦しくなる。

「望のことか」

「――――!」

なんの前触れもなく核心の近くに触れられてビクリと肩が揺れた。しまったと思ってももう遅い。

和人は「やっぱりそうか……」と呟いた後で、長い長いため息をついた。

「あいつがおまえに酷いもの言いをしていると葉崎から聞いた。もっと早くに気づいてやめさせるべきだった。嫌な思いをさせてすまなかった」

この方はなにを言っているのだろう。望は客で、真は執事だ。主がどちらを大切にすべきかは誰の目にも明らかなのに。

真がまったく理解できずにいるのをなんと取ったのか、和人は切々《せつせつ》と話し続けた。

「これまでの恩がありながら縁談を断ったことで、小鳥遊さんからは縁を切られてもしかたがないと覚悟してた。逆に小鳥遊さんも、無理やり話を進めたせいで俺が愛想を尽かしても無理はないと思ってたって言ってくれた。それぐらい、俺たちにとっては大きなことだったんだ。それを乗り越えて、今も交流させてもらえてることをほんとうにありがたいと思う」

小鳥遊とは、和人が二十歳の時に出会って以来、もう十八年のつき合いだ。人生の半分とも言える長い間ずっと良好な関係を保ってきた。

「あの人は大切な恩人であり、友人でもある。そんな人を裏切ることは俺にはできない」

和人が何度も首をふる。

「望には、気持ちに応えるつもりはないとはっきり言った。その上で、節度《せつど》を守れれば、彼の父親とそうしたようにいい友人関係を築けるかもしれないと思ったんだ」

あえて逃げ道を残したのは小鳥遊に対する心苦しさからだけではない。頻繁《ひんぱん》に御堂の屋敷を訪れる望に言い訳を用意してやるためでもあった。

「自分の息子が本気で同性に熱を上げてるなんて、言われてよろこぶ父親はいないだろう。だから、できるだけ小さな範囲で片をつけたかった。俺たちは友達になろうとしてたんだって」

だが、と言葉を切った和人は、さっきまでと打って変わって冷たい目をした。

「おまえを傷つけた以上、望とのつき合いは考えさせてもらう。二度とふたりで会わない。約束する」

まっすぐな眼差しに、彼が本気でそう言っているのだとわかる。

真は後ろめたさも忘れて呆然《ぼうぜん》と和人を見上げた。

客より執事を大切にするなんてあり得ない。それが旧来の知人の息子ならなおのこと。第一、小鳥遊との関係はどうなるのだ。自分と約束をしたばっかりに大切な絆がギクシャクしてしまうなんて絶対にいけない。

「お考え直しください」

「おまえが嫌な思いをしてるって知ってて、涼しい顔でいられると思うか」

「私は嫌な思いなどしておりません」

「それならどうして」

語気を強めた和人が、不意に、はっとしたように目を見開いた。

「……もしかして、おまえ………」

漆黒の瞳が小刻みに揺れる。そこには怒りのような、戸惑いのような、言葉にできない複雑な表情が浮かんでいた。

「俺が望と、どうにかなればいいと思っていたのか？」

――なっ……。

心臓を一突きにされたような衝撃に目を瞠る。

答えられないでいる真に、和人は恐いくらい真剣な顔で告げた。

「同性のパートナーを得るのは簡単なことじゃない。だからって、来るもの拒まずの博愛主義者にはなれない。好きな相手と結ばれたい。好きな相手じゃなきゃ意味がない。そう思うのは我儘か？」

熱の籠《こ》もった口調に、頑なであろうとした心が揺らされそうになる。

和人は遠くを見るように目を細めた。

「今なら両親の気持ちがよくわかる。ほんとうに好きになったら、それ以外は代わりにもならない」

御堂のためを思って身を引き、息子を育てた和人の母親。

そんな女性と息子を想い、生涯独身を貫いた和人の父親。

ふたりに倣い、生涯たったひとりの相手を見つけたいと言っていた和人だからこそ、その思いは強いのだろう。

彼に愛される人がうらやましい。そんなふうに一途《いちず》に想われるなんて。唯一無二になれるなんて。

「それなのに、どうしてこんなに思いどおりにはいかないんだろうな」

「……え？」

小さな呟きに引っかかりを覚える。気になって見上げると、和人の顔には自嘲とともに深い諦念《ていねん》の色が浮かんでいた。

「恋なんてどうしようもないものだ。どんなに踏み止まろうとしたって、強い力で抗えなくさせる。……でも、そういうものなんだよな」

「旦那様……」

揺れる漆黒の瞳から目が逸らせない。その言葉は痛いほどすとんと胸に落ちた。

そう。恋はまったくどうしようもない。いけないとわかっているのに、踏み止まらなければならないと思っているのに、自分の意志などお構いなしにどんどんどんどん膨れ上がる。

恋を前に、人はこんなにも愚《おろ》かで無力だ。

「どうして、そんなふうになってしまうんでしょうね。苦しいだけなのに」

それを痛いほどわかっているのに。

「それでも、惹《ひ》かれてしまうんですよね」

つい、ぽろりと本音が洩れた。

「……おまえにも、そんなふうに思うやつがいるのか?」

「え?」

「好きな相手がいるのか?」

「——……」

血の気が引いた。

まさか気づかれてしまったんだろうか。執事の立場でありながら、仕える相手に許されない恋心を抱いてしまったということを。

震えそうになるのを懸命にこらえ、真は何度も首をふった。

「私は執事です。仕事以上に大切なものはありません」

そう在らねばならない。

「私は御堂家にお仕えし、旦那様をお支えするためにここにおります。私的な感情にふり回されることはございません」

　そう在らねばならないのだ。

「執事だって人間だ。誰かを好きになることだってあるだろう」

「すべての執事が同じとは申しません。中には結婚し、家庭を持つものもいるでしょう。けれど私はそうではない、それだけのことです」

「どうしてそこまで頑なになる。おまえは一生誰とも心を通わせないつもりなのか。どんなに想いを寄せられてもおまえはそれを一蹴《いっしゅう》するのか」

「……旦那様？」

　今度は真の方が驚かされた。

　なぜ、和人はこんなに焦っているのだろう。もしかして、自分のせいで使用人の恋愛の機会を制限してしまうとでも思ったのだろうか。

　だとしたら、なんてやさしい人だろう。やさしくて、あたたかくて、こんな時は残酷にも思えた。

　和人と心を通わせることができたらどんなにいいだろうと夢想したところで、そんな日がくることは一生ないのだ。最初から全部わかっている。だからこれ以上惨《みじ》めな気持ちにさせないでほしい。

「不可能だなんて、俺は思いたくない」

　和人が真の心を読んだかのように呟く。

「おまえが仕事と言うなら俺も倣おう。以前のように接してくれ、立石。これは主の命令だ」

「……っ」

とうとう、カードが切られてしまった。

和人が命令という言葉を口にするのははじめてのことだ。これまでのような頼みごととはわけが違う。人を顎で使うようで嫌だとベルさえ鳴らさないような人があえて命令と言ったのは、絶対に逆らうことを許さないという強い意志の表れだった。

それでも、従うわけにはいかない。せめて完璧な執事として役に立ちたい。

「どうかお考え直しください」

真は必死に頭を下げた。

「これからは、さらにいろいろな方とおつき合いなさる機会が増えましょう。そんな時に家のものと馴れ合っていては示しがつきません。御堂家当主として、もっと外に目を向けていかなければ。私も微力ながら全力でお支えする覚悟です」

「ただ傍にいてくれるだけでいい、そう言ってもか」

あぁ、頭がグラグラする。自分に都合のいいように解釈をねじ曲げてしまいたくなる。こんなことを言われて、それでも本音を押し潰していなければならない現実に涙が出そうになった。

「私は御堂家の執事であることを誇りに思っています。ですからどうか、私から役目を取り上げないでください」

あなたの傍にいてもいい理由を、どうか私から奪わないください。

和人が苦しげに眉根を寄せる。とても承服できないとその顔には書いてあった。主の命令に逆らうというのだから当然だ。

真は最後の賭《か》けに出た。

「どうしてもお聞き届けいただけないのであれば、本日限りで私の雇用契約を打ち切ってください。執事としてお役に立てない人間はいてもしかたがないと思いますから」

「立石！」

和人がついに怒声《どせい》を上げる。

「なにを言い出すんだ。おまえを手放すつもりはない」

まっすぐに怒りをぶつけられ、決然と否定されて、こんな時だというのに胸が疼《うず》いた。

「おまえが……そんなことを言うなんて…………」

和人は呆然と呟いたきり、どうにもならない感情を押しこめるように乱暴に髪をかき上げる。すぐ傍にいるのに、今ほど彼を遠いと思ったことはなかった。

昂《たかぶ》りを鎮《しず》める手伝いができればと手を伸ばそうとして、自分の指がペーストに塗《まみ》れていたことを今さらのように思い出す。

こんな手で和人に触れてはいけない。自分のような人間が、御堂家当主の負担になってはいけない。

差し出しかけた手を真は前掛けの中に引っこめる。

これこそが、自分たちの間にある越えられない壁なのだと思い知った。

悶々としていたある日のこと、観門が屋敷を訪ねてきた。

一度、バーで見かけたことがある、和人にアルトサックスを教えた恩師だ。教え子の暮らしぶりが見たいと言うので、真は和人に断った上で主の書斎へと案内した。

「やぁ、久しぶりだな。元気にしてたか」

部屋のドアを開けるなり、観門が和人に向かって右手を上げる。

デスクでノートパソコンに向かっていた和人も立ち上がって観門を迎えた。

「おかげさまで。観門さんも調子はどうです？」

「生憎と絶好調だ」

「それはよかった」

ふたりはソファに座るなりさっそく話に花を咲かせている。これまで数々のゲストを迎えたけれど、こんなに楽しそうな和人は見たことがなかった。

和人と言い争いをしてからというもの、屋敷の中は火が消えたようになった。彼が笑わなくなったからだ。主人として命令したにも拘わらず、自らの進退を賭けてまでそれを拒んだ執事にどう接したらいいのかわからなくなったのかもしれない。

今の和人は、昔のように冗談を言うこともなければ、苦手なものに顔を顰めて戯けたりもしない。

ただ淡々と御堂家の当主らしくふるまっている。

気心の知れた相手の前ではこんなふうに笑うのか……。

かつて自分にも向けられていた笑顔。これからはきっと、二度と目にすることのできないもの。

ズキリと痛む胸に真はそっと顔を顰めた。

――いけない。来客中だ。

己を戒め、給仕に意識を集中する。カップに紅茶を注いだ途端、立ち上ってくるあたたかな湯気が胸の閊えにやさしく沁みた。

ふたりの邪魔にならぬようお茶を出す。

それを「ありがとう」と言って受けた観門は、一口飲むなり満面の笑みを浮かべた。

「こんなおいしい紅茶、久しぶりに飲んだなぁ」

屈託のないところは和人に少し似ているかもしれない。師匠と弟子は似るのだろうか。それとも、もともとの気性が近かったのか。

そんな観門は明後日から渡米するのだそうだ。新しいアルバムの収録のため二ヶ月近くスタジオに籠もりきりになると言う。

「あいからずあっちこっち行ってますね」

「好き勝手できるのが独り身のいいところだからな」

「それ言ったら俺もですけど」

「おまえにはもう根っこが生えたようなもんだろう」

「そうですかね」

遅れてカップに口をつけた和人は、わずかに声のトーンを落として続けた。

「ザック背負って放浪してた頃に比べれば、ずいぶん落ち着いたように見えますよね。でもやっぱり今も、どこか渇いてる感じはありますよ」

「あいかわらず欲張りなやつだな」

「たぶん、ほんとうにほしいものが手に入らない限り、ずっとこうなんだと思います」

それを聞いて観門はやれやれと苦笑を洩らした。

「おまえのほしいものって?」

和人の喉仏がゆっくりと一度上下する。

けれど彼は曖昧に笑ってそれには答えず、紅茶を一息に飲み干すなり、真を見ながら空のカップを持ち上げてみせた。

「立石、お代わりをもらえるか」

「かしこまりました」

ソーサーごとカップを受け取る。少し離れたワゴンに戻ったところで、それまで真の方を見ていた観門が和人に対し、「そういえば」と小声で切り出した。

「バーで見かけた時と比べて、彼はずいぶん雰囲気が変わったんだな」

ふたりがこちらを見るのが気配でわかる。

引き合いに出されるとは思ってもおらず、ポットを傾けていた手が一瞬止まった。よりにもよって今一番触れられたくない微妙なところだ。動揺を押し隠す真同様、和人もまた表向きは落ち着いた様子で観察眼の鋭い恩師に苦笑した。

「よく覚えてますね」

「あれだけ自慢されて、覚えてない方がどうかしてる」

よほど印象に残っていたのだろう、観門はからかうような口調でサラリと続ける。

「おまえがあんまりひどい生徒だったたから、心労が溜まったんじゃないのか」

「うわ。観門さん、容赦ないなぁ」

和人もまたショックだと言わんばかりに手を胸に当て、観門の冗談に応えてみせた。

ふたりは顔を見合わせて笑っている。そのすぐ傍で、自分はただじっと息を殺している。カップに注いだ紅茶の水面がやけに波立つのを見て、手が震えていることに気がついた。

いけない。最後まできちんとしなければ……。

和《なご》やかに話し続けるふたりを邪魔しないように、そっと和人の前に茶器を置く。

一礼して下がろうとした時だった。

「確かに、ひどい生徒だったたと思います」

和人がぽつりと呟く。それは観門に向けた言葉というより、独り言のように小さなものだったのだけれど、すぐ近くにいた真の耳に届くには充分だった。

驚いて和人を見る。

けれど彼は一度もこちらを向くことなく、黙って漆黒の目を細めた。その横顔に浮かぶ深い諦観《ていかん》にじわじわと焦りのようなものがこみ上げる。それがどうしてなのかわからないまま、目も逸らせずにいる真の前で和人が自嘲に顔を歪めた。

「嫌われてしまいました」

――な、ん………。

その瞬間、息が止まる。

体裁《ていさい》を取り繕うことも忘れて呆然と立ち尽くす真をよそに、和人はただ、曖昧に笑った。煙《けむ》に巻くような笑い方はまるでいつもの彼らしくない。

だが観門はそれすら冗談だと思ったようで、「まったく困ったやつだな」と苦笑を浮かべた。

「我儘ばっかり言うからだろう」

「返す言葉もありません」

観門のあかるい笑い声が重たい空気をかき混ぜる。

紅茶を飲み干し、ていねいな仕草でソーサーに戻すと、客人はおもむろにソファを立った。

「さて。それじゃそろそろお暇《いとま》するか」

「来たばっかりじゃないですか」

「これでもありがたいことに忙しい身なんでね」

肩を竦める観門を、真は和人とともにエントランスホールまで送る。

玄関でふり向いた観門はなぜか、真に向かって軽く頭を下げた。

「和人のこと、頼みます。悪いことしたら俺が締め上げますから」

続いて彼は和人に視線を移す。

「というわけで、好き勝手しすぎて執事さんを困らせないように」

「わかってますって。観門さんこそ、向こうで羽目外しすぎちゃだめですよ」

「できない約束はしない主義なんだ」

観門はくしゃりと笑ってみせると、来た時と同じく「じゃあ」と片手を上げて踵を返した。

健康のために駅まで歩いて帰ると言う。車で十五分もの距離をものともしないタフな背中が木々の向こうに消えてもなお、真はその場から動けずにいた。

和人もまたアプローチを眺めたままだ。ふたりきりになった途端、自分たちを取り巻く空気がぐんと重みを増した気がした。

立ち尽くしていたのは、実際には一分にも満たない時間だったろう。

「……戻ろう」

先に踵を返した和人につられ、真も足早にその後を追う。コツコツというふたりの靴音だけが長い廊下に響き渡った。

部屋に戻るなり、和人はソファで黙りこむ。

もの思いに耽《ふけ》っているのか、それとも真が同じ空間にいることに少なからぬ居心地の悪さを感じているのか……。ティーセットを片づけながら、真は和人の様子を気配で探った。

——嫌われてしまいました。

彼の言葉がぐるぐると胸の中で渦巻《うずま》いている。

あれは本心だったのだろうか。本気で、真が嫌っていると思っているのだろうか。聞いてみたい。問い質《ただ》したい。けれど、そのとおりだと言われてしまったら——そう思うと恐くて口が開かないのだった。

いっそのこと、嫌ってなどいないと言えたらどんなにいいだろう。ほんとうは特別な感情を抱いていると、ありのままを打ち明けられたらどんなに楽になるだろう。

けれど、それはできないことだ。それを願うことさえいけないことだ。

——ほんとうにほしいものが手に入らない限り、ずっとこうなんだと思います。

和人の諦《あきら》めにも似た横顔を思い出す。その途端、おかしな話だけれど、強張っていた背中をそっと撫でてもらった思いがした。

同じ、なのかもしれない……。

彼も自分と同じなのかもしれない。

ほんとうにほしいものとはなにか、それを口にすることさえできないまま、それでも渇いた思いを捨てられずにいる。そんな餓えにも似た衝動は、執事という仕事に忠実でありたいと願いながらも、想いを昇華することすらできない自分にどこか似ていた。

――旦那様……。

心の中でそっと呼びかける。

頬杖《ほおづえ》を突いたまま思い詰めたように一点を見つめる和人を見ているうちに、なんとも言えぬもどかしさがこみ上げた。せめて今は、そのやりきれない気持ちに寄り添いたかった。

「私にできることはございませんか」

話しかけられるとは思ってもいなかったのだろう。和人は驚いたように顔を上げ、それからそっと笑みを浮かべた。

「心配してくれたのか」

それが作りものの笑顔だということぐらい、すぐにわかる。

「ご無理なさらないでください。どうぞ、なんなりとお申しつけください」

「いいんだ。おまえこそ無理をするな」

和人は笑みを崩さない。それが一層不安を煽った。

「私ではお役に立てませんか」

「折り合いをつけなきゃいけないことだってある」

「……え？」

それはどういう意味だろう。

戸惑う真を、和人はあっさりと突き放す。

「我儘を言って困らせたくない。これ以上、おまえに嫌われたくないからな」

「…………」

冗談めかした口調に腹の底がすうっと冷えた。嘘でも二度も言ってほしくなかった。和人の言葉が真の心に矢のように突き刺さる。

「そんなわけありません」

後先も考えず、気づいた時には声に出ていた。

その途端、和人の目の色が変わる。

「……どういう意味だ」

問われても答えられるわけなどない。

「立石」

こちらを睨み据えたまま、ゆらりと立ち上がった和人に本能的な危険を感じ、真は無意識のうちに後退った。

この胸に蟠っているものを残らず吐き出してしまいたい衝動と、それだけはできないという自負の間で葛藤《かっとう》する。嫌いだと言ってしまえたら楽になるけれど、和人にだけは嘘をつきたくなかった。

こんな自分をまっすぐだと言ってくれたから。尊敬していると言ってくれたから。だからあの時、和人に生涯仕えようと決めたのだ。真の中でそれは和人との約束でもあった。

言葉を選んでいる間にもどんどん距離を詰められる。背中にかたいものが当たり、壁際まで追い詰められたのだと気がついた。両脇に手を突かれ、文字どおり逃げ場もない。真上から見下ろす和人ははじめて見せる余裕のない顔をしていた。

こんな目を、するなんて……。

いつだって自然体で鷹揚に構えていた和人。その彼が、自分相手にこんな切羽詰《せっぱつ》まった顔をするなんて考えたこともなかった。こんな時だというのに、見つめられているだけで浅ましくも胸が鳴る。閃《ひらめ》く双眼《そうがん》を見返すうちに泣きたいような衝動に駆られた。

いっそ、頭から一呑みにされればいいのに。この想いごと喰われてなくなってしまえばいいのに。後から後からとめどなく想いがあふれる。泉のように湧き出してくる。

「そんな目で俺を見るな」

和人はなぜか苦しそうに眉を寄せた。

「……っ」

指の背で頬をなぞられ、肩が竦む。きつく目を瞑ったせいか、和人の手はすぐに離れていった。ぬくもりの名残だけが頬に残る。触れられたところが熱を孕《はら》む。目を閉じているにも拘わらず眩暈がしそうで、真は必死に両足を踏ん張った。

頭上から押し殺した吐息《といき》が降ってくる。

そろそろと目を開けると、和人は苦渋に満ちた顔をしていた。きつく眉を寄せ、口元を引き結び、思い詰めたように目だけを爛々《らんらん》と光らせている。恐いぐらい真剣な表情に目を逸らすことすらできないまま、無意識のうちに喉が鳴った。

「――信頼は、一度失ったら取り戻すのは難しいと教えてくれたことがあったな」

あれは確か、出会ってまだ間もない頃。先代から引き継いだ仕事が面倒だと駄々《だだ》を捏《こ》ねる和人を、そう言って宥めたことがあった。

「せっかくおまえが教えてくれたのにな。こんな大事なことさえ、俺は守れそうにない」

「旦那様……？」

「主失格だ」

和人が自嘲に顔を歪める。双眸にはゆらりと昏《くら》い炎が見えた。

「だからもう、このままどこにもいけないのなら――こんな関係は壊してしまおう」

低い声で宣言されるや、顎を掬《すく》われる。

乱暴に腰を抱き寄せられ、とっさのことになすすべもないまま、気づいた時には熱いもので唇を塞《ふさ》がれていた。

「――」

自分の身に今なにが起きているのか理解できない。嚙みつくように唇を押しつけられ、文字どおり頭の中が真っ白になった。

――嘘、だ……。旦那様が、キスを…………。

これ以上ないほど目を見開く。そこに映るものはさっきまでとなにも変わらないのに、自分だけが底なしの沼にずぶずぶと沈められてゆくようだった。

――どうして。どうして。どうしてこんなことを。

ずっとずっと好きだった人だ。手の届かない人だったのだ。その和人にくちづけられているのに、今の彼は知らない人のようで恐かった。心細くてたまらなかった。

「……っ、……ぅ……」

何度も角度を変え、強さを変えて文字どおり唇を貪《むさぼ》られる。熱は思考を奪うのに充分で、真は必死に顔を背けようとした。

けれどどんなに抗っても、震える手で胸を押し返しても、和人はビクともしない。むしろ真が逃れようとすればするほど腕の力を強めるばかりだった。

「ん……ぅ、……んんっ……」

――嫌だ。こんなのは嫌だ。こんなのは違う。

必死に叫ぼうとするのに唇は塞がれたままで、悲鳴は声になることなく飲みこまれてしまう。

そうしている間にも乱暴にタイを乱され、力尽くでシャツの前を裂かれて、あられもなく白い喉を晒《さら》した。首筋を吸われる鋭い痛みに気が遠くなる。獣のような獰猛《どうもう》さに、ほんとうにこのまま喰われてしまうのだと思った。

想いを告げることもできず、それどころか踏み躙《にじ》られ、こんなふうに汚されてしまうのならいっそ消えてしまいたい。もうなにもかも放り出してしまいたい。

「…………っ」

頭が沸騰するような衝動に襲われ、目の前が真っ暗になる。気づいた時にはぼろぼろと涙がこぼれていた。

それに気づいた和人がはっとしたように動きを止める。見る間に真顔に戻るのを見て、決定打を打ちこまれた思いがした。

——触れてしまえばすぐにわかる。

違うと、わかったのかもしれない。

わかってしまったのかもしれない。

和人は身体を離し、乱した真の着衣を整えようとする。

けれど破けたシャツも、取れたボタンも元には戻らず、この関係が歪んでしまったことをふたりに教えた。

「——すまなかった」

「……っ」

謝罪の言葉を聞いた途端、真は使用人であることも忘れて部屋を飛び出す。

もうこれ以上、惨めさを晒すことさえ耐えられなかった。

＊

執事たるもの、常に冷静であれ――。

バトラースクールで一番最初に教わった言葉だ。

感情に左右されることなく最善の判断と行動ができるよう、己をフラットに保つ訓練をこれまで嫌と言うほど積んできた。だから自信はあったのだ。自分は執事としての務めを立派に果たせると。

今ならそれが、いかに傲慢《ごうまん》な考えだったかよくわかる。

和人と不本意な一線を越えてからというもの、真は平常心を保てなくなった。注意力は散漫になり、普段ならなにかの間違いだったと頭を切り替えようとしてもうまくできない。

ら決してやらないようなミスを何度もくり返した。

シャツにアイロンの焦げ跡をつけるなんてまだ序の口で、セラーのワインボトルを立て続けに割ったり、花瓶を倒してエントランスに水溜まりを作ったり、挙げ句には熱したケトルをミトンも着けずに持とうとして手のひらに火傷を負うこともあった。

もっとしっかりしなければ、もっと集中しなければと己を戒めるたびに鳩尾《みぞおち》のあたりがキリキリとなる。それでも神経を張り詰めていないとまたなにか失敗してしまいそうで、夜ベッドに入っている間ですら気が休まることはなかった。

なぜ和人があんなことをしたのか、その理由はわからないままだ。翌朝一番に謝罪された時もどんな顔をすればいいかわからなくて、結局逃げるようにその場から立ち去ってしまった。

けれど、もうどうでもいいことだ。

いっそ消えてしまいたいと思ったあの時の辛い気持ちは、どんな理由であっても癒《い》やすことはできない。生まれてはじめて抱いた恋心は想い人の手で拉《ひし》げられてしまったのだから。

——これで、よかったのかもしれない。

己を奮い立たせるために真は心の中で独白する。

和人を想うあまり、自分を見失いそうになっていた。どんなに押しこめてもあふれてしまう恋情《れんじょう》に気づかれてしまう前に、ぐちゃぐちゃになって終わってよかったんだ。

「よかったんだ」

声に出して言ってみる。耳を通して聞いた自分の声はまるで他人のもののようで、ちっとも実感が湧かなかった。

それでも、そう思わなければいけない。切り捨てていかなければいけない。そうでもしないともう一歩も進めそうになかった。

真は大きく深呼吸をすると、目の前のことに頭を切り替える。

今日の仕事は、エントランスホールにかけられた大きな油彩画の額を磨くことだ。屋敷の中はどこもかしこもピカピカで、最近では細々とした掃除に明け暮れている。それがどんなに目立たないことであっても、なにかしていないと落ち着かなかった。

膝の高さほどの踏み台に乗り、絵画に傷をつけないように注意しながら蔦模様の彫刻をひとつひとつ拭っていく。高いところまで腕を伸ばし、それでも足りずに思いきり伸び上がった時だった。

「うわっ」

体重のバランスが崩れ、踏み台が一気に傾ぐ。

とっさに突いた右足首に鈍い痛みが走ると同時に、木製の台が倒れる音がエントランスホールに響き渡った。

やってしまった――。

我に返った途端、血の気が引く。先代が気に入っていた絵だと聞いていたからだ。

痛みも忘れて慌てて壁に駆け寄り、絵や額の状態を確認する。床にも損傷がなかったか膝を突いて見て回った。

また、やってしまった。

自己嫌悪に泣きたくなる。集中力が足りずに失敗をしたかと思えば、今度は目の前のことしか見えなくなってまた新たなミスを犯している。情けなさに奥歯を噛み締めながら立ち上がり、のろのろとズボンについた埃を払った。

「大丈夫か」

突然声をかけられてビクリとなる。

顔を上げると、和人が駆け寄ってくるのが見えた。

偶然通りかかったのだろう。部屋にいてくれれば音も届かなかっただろうに、よりによってこんなみっともない姿を見せてしまうなんて。

「お騒がせして申し訳ございませんでした」

深く追及されないよう、とにかくその場を収めるべく頭を下げる。

けれど、和人の目は忙《せわ》しなく真の様子を窺うばかりだ。あんなことがあってからというもの、和人からは腫《は》れものに触れるようなよそよそしさを感じていたのだけれど、今は珍しく焦っているように見えた。

「大きな音がしたと思ったんだ。もしかして落ちたのか？　どこか怪我《けが》は？」

矢継ぎ早に訊ねられる。

心配してくれているのだとわかっていても、ささくれた心には好意的に受け止めるだけの余裕がなかった。

「ご心配には及びません」

「歩けるか？」

「はい。問題ございません」

ほんとうのことを言っても和人にまた気を遣わせるだけだ。ただでさえ情けないところを見られて、その上「捻った足が痛い」だなんて言いたくなかった。

和人はまだなにか言いたそうにしていたが、真の取りつく島のない態度に諦めたのだろう。小さく嘆息すると主としての顔に戻った。

「それなら、おまえにひとつ頼みたいことがあるんだが……」

御堂の遺言書の内容について、その執行人である三橋と、弁護士と和人の三人で近々話をすることになっているという。ひいては先方の都合を確認し、スケジュールを調整しておいてくれということらしかった。

「弁護士の連絡先は三橋さんが知ってる。頼めるか？」

主の予定管理は執事の仕事の中でも基本中の基本だ。

「かしこまりました。お任せください」

「あぁ、それと」

和人がスマートフォンを取り出し、液晶をこちらに向ける。

「今度の記念式典のことなんだが……」

自然と並んで画面を覗きこむような格好になり、和人の腕が肩に触れた。

その途端、自分でも驚くほどビクッと身体が震える。至近距離で目が合った瞬間にキスの記憶が甦り、身動ぎひとつできなくなった。

ドクドクと鼓動が逸る。

また、あの時と同じことをされるんじゃないか。心をかき乱されるんじゃないか。

「立石……？」

名を呼ばれ、いよいよかと思うと恐くて息を呑んでしまう。

それを見た和人は、はっとしたように目を瞠った。

「……安心してくれ。なにもしない」

そう言ってすぐに身体を離す。

「驚かせてしまってすまなかった」

「いえ」

声が喉に引っかかってそれ以上の言葉が出てこない。度を越した緊張のせいで、いつの間にか口の中はカラカラに渇いていた。

「立石」

もう一度、噛み締めるように名を呼ばれる。

意を決して見上げた漆黒の瞳には深い後悔の色が滲《にじ》んでいた。

「……ほんとうに、すまなかった」

それがあの日の過《あやま》ちに対する謝罪だと気づかないわけがない。

——どうして今、そんなことを……。

なぜ蒸し返してしまうのか。まだ生々しい傷跡を、それでもなかったことにしてふりきって生きるしか道はないのに。

「…………」

真は口も利けないまま、立ち去る和人の背中を見つめる。やりきれない思いはとても言葉にできず、ただ呆然と立ち尽くすことしかできなかった。

どれくらいそうしていただろう。

コツコツと窓ガラスを叩く音に顔を向けると、庭にいた葉崎が「ちょっと出てきませんか」とでもいうように手招きしていた。いつもは屈託なく笑う彼も、今は顔を曇らせている。いましがたのやり取りを見られてしまったのかもしれない。

明らかに不自然だったはずだ。執事が一方的に主人を避けているように見えたかもしれない。この家に務める使用人として不適切な行為だと咎められたような気がして、真は後ろめたさにそっと唇を嚙んだ。

自分には、他人の目を気にする余裕もなかったということだ。

――いけない。こんなことでは……。

大きく息を吸いこみ、背を正す。

執事として正しく在らねばならない。葉崎に心配をかけてはいけない。真は痛む足を叱咤しながら意を決して庭へと出た。

「お疲れさまです」

あえてにっこり微笑みながら声をかける。

庭のベンチに並んで腰を下ろすなり、葉崎はなぜか「はー……」と長いため息をついた。

「立石さん、どうしちゃったんすか」

「……え？」

意外な言葉に首を傾げる。なにか、おかしなことでもしただろうか。

まるで見当をつけられずにいる真を見て、葉崎はますます顔を顰めた。いつもは生き生きと輝いている目も今はもどかしげに揺れるばかりだ。

「なにがあったかはわかんないし、話したくないなら無理には聞きません。でも、この頃の立石さん、見てらんないです」

「……きちんと仕事ができないことを、ほんとうに申し訳なく思っています」

「なに言ってんですか。こんな時に仕事なんてどうでもいいんです」

「え？」

どういうことだろう。仕事がどうでもいいだなんて。

言われている意味がわからなくて戸惑いながら葉崎を見遣る。その眼差しはいつになく強く、彼が本気で真のことを思って向き合ってくれているのだと肌で感じた。

——心配、してくれているのかもしれない。

同じ家に務める使用人として、年の近い同僚として、気にかけてくれたのかもしれない。許されぬ想いを抱え、後ろめたさでどうしようもなくなっているこんな自分を、それでも案じてくれたのかもしれない。

ありがたさと、だからこその申し訳なさに喉が詰まる。

そんな真に、葉崎は悔しそうに目を眇めた。

「前に、立石さんのこと自覚のないタイプだって言ったの覚えてます？　今もそう。すごく苦しそうな顔してます」

「そう、でしょうか……」

「たまにはガス抜きしないとだめって言ったのに。どうしてそんなんなるまで頑張っちゃうんすか」

違うんです——。

とっさに口を開きかけ、真は強く唇を噛んだ。

ほんとうは違う。自分は頑張っているわけじゃない。道理に外れた感情を抱いてしまったばかりに、勝手に浮かれて勝手に傷つき、疲れきっているだけだ。葉崎に心配してもらう価値もない。

疚《やま》しさに耐えきれず、まっすぐな視線から逃れるようにして目を伏せる。

「立石さん真面目なんですよね。気配り上手だし、すげーやさしいし」

葉崎の慰《なぐさ》めにも俯いたまま首をふった。

「そんなことありません。やさしいだなんて買い被りすぎです」

「やさしいですよ。俺が保証します。そうじゃなきゃ、会ったこともないじいちゃんに薔薇を贈ろうなんて言ったりしない。あの高坂さんが別人みたいに落ち着いた主人になったりしない。三橋さんも立石さんのこと褒めてましたよ。立石さんが来てくれてから屋敷が見違えるようだって。ほんと御堂の救世主、執事の鑑です」

葉崎は一息に捲し立てる。それから、小さな子供に言い含めるようにゆっくりと続けた。

「だからね、心配なんです。頑張りすぎてるんじゃないかって」

「葉崎さん……」

思わず顔を上げる。

自分はきっと、縋《すが》るような目をしていただろう。それでも彼はからかったりすることなく、ただ満面の笑みを浮かべてみせた。

「立石さんが倒れたら、誰がこの庭を褒めてくれるんです。植物音痴《おんち》の主人相手じゃ俺のやりがいはゼロどころかマイナスですよ？」

「え？」

あまりの言い草に思わずぽかんとしてしまう。

それがおかしかったのか、悪戯っ子のような顔で噴き出す葉崎につられ、強張っていた真の頬も少しだけゆるんだ。

「よかった」

葉崎が安心したような顔で立ち上がる。すぐまた仕事に戻るという彼は、「これだけは言っときますけど」ともう一度真に言い含めた。

「愚痴《ぐち》ならいつでもつき合いますからね。忘れないで」

「……ありがとうございます」

なんとか元気づけようとしてくれる葉崎の気持ちが痛いほど沁みる。真は深く頭を下げ、庭に戻る後ろ姿を見送った。

先代の執事を「じいちゃん」と慕い、九重が現役を引退した後もずっと気にかけていたようなやさしい人だ。困っている人間を放っておけない質《たち》なのだろう。だからこそ、彼にこれ以上余計な心配をさせるわけにはいかなかった。

——しっかりしなければ。

自分に言い聞かせる。

おかしなところを見せないように邪《よこしま》な心はしまってしまおう。そうして有能な執事として完璧に主に仕えよう。そうすれば苦しそうな顔を見せることはなくなるだろうし、自分がこの家で期待されている役目もきちんと果たすことができる。

和人を支え、御堂を盛り立ててゆくことが真に求められた唯一の使命だ。逆に言えば、自分の存在意義はそれしかない。

強い焦燥感に煽られながら、己を鼓舞《こぶ》するように真は強くこぶしを握った。

「そういえば、スケジュールの件はどうなった？」

なにげなく訊ねられたのは朝食が終わり、部屋で和人の着替えを手伝っている時だった。

一瞬、なんのことかわからず返事が遅れる。上着を手にしたままかたまった真を見て、和人はやや不審《ふしん》そうに片眉を上げた。

「この間頼んだ三者調整の件だ。三橋さんと弁護士と三人で会いたいと」

その瞬間、脳裏に先日のやり取りが甦る。目を瞠った真を見て、さすがの和人もおかしいと気づいたようだ。

「忘れてたのか？」

「も…、申し訳ございません。至急、三橋様にご連絡を……っ」

「いや、それなら電話する予定があるから直接話そう」

なんということだ――。

主の予定管理は執事の仕事のうちでも基本中の基本だと請け負《お》ったくせに、放置していた挙げ句、訊ねられてもまだ気づかなかったなんてこれまでの真からは考えられないミスだった。

袖のカフリンクスを留めながら、和人がまたチラとこちらを見る。言いにくそうに一度は目を逸らしたものの、やがて腹を括ったように口を開いた。

「一応聞いておこうと思うんだが……昨日渡した手紙は出しておいてくれたか。水色の封筒に入れて預けたやつだ」

確かに、資産運用の相談で預ったものがあった。今度は覚えている。和人から封筒を受け取って、その時は手が塞がっていたため上着の内ポケットに封筒を入れて、そして——。

「……っ」

指先がポケットの中で紙の感触を探り当てる。目の前が真っ暗になるというのはこういうことを言うのだろう。

「そこにあったか」

和人が小さな苦笑を洩らした。

「今日会うことになってる。今からポストに突っこむより、持っていった方が早そうだ」

「大変、大変申し訳ございません。重ねての失態、お詫びのしようもございません……！」

真はただひたすら頭を下げる。

どうして気づかなかったのだろう。どうして忘れてしまったのだろう。自分の迂闊《うかつ》さに声が震える。

気づけば声だけでなく全身が小刻みに震えていた。

「そんなに気にしなくていい。失敗ぐらい誰にでもある。俺なんて、おまえが呆れるくらい失敗ばかりしてただろう？」

真が自分を追いこまないようにとの気遣いだろう。あかるく茶化してくれるから余計、身の置きどころがなかった。

自分がミスを犯したことで和人や仕事相手に迷惑をかけ、当事者にフォローしてもらった挙げ句、こうして慰められる始末だ。自分が情けなさすぎて挽回策《ばんかいさく》も浮かばない。ただただ頭を下げるしかない真を、和人はそれでもやさしく「立石」と呼んだ。

「顔を上げてくれ。俺は怒ってないし、おまえを責めてるつもりもない」

――旦那様……。

強く奥歯を噛み締める。和人にこんな情けない顔なんて見せたくなかったけれど、すべては自分が招いた結果だと腹を括るしかなかった。

思いきって顔を上げかけ、それでも目を合わせることは後ろめたくてどうしても睫を伏せてしまう。何度もどうしようか迷った真が決死の思いで顎を上げると、そこには、じっと自分を見守るおだやかな双眸があった。

視線が絡んだ瞬間、身動きが取れなくなる。

自分は酷くみっともない顔をしていたのだろう。漆黒の瞳が「困ったやつだな」というように細められるのを見て、不覚にも胸の奥から熱いものがこみ上げる。

「……っ」

もう、だめだった。

こんな時だというのに不謹慎にもほどがある。でも、だからこそ、いたわるようなやさしい眼差しに泣きたくなった。自分が情けなくて、申し訳なくて、それなのに頭が真っ白になるほどうれしくて、愛おしい。感情がぐちゃぐちゃに入り交じってもはやわけもわからない。

どうしてこんなに好きになってしまったんだろう。

混乱の極みで立ち尽くす真の頭に、不意にあたたかなものが触れた。

「立石、大丈夫だ」

大きくてあたたかな和人の手だ。

「大丈夫だ」

何度も何度も頭を撫でられ、以前なら「子供ではありません」と抗議のひとつもしただろうに、今は縋ってしまいたくなる自分を抑えるだけで精一杯だった。一緒にスマートフォンを覗きこんだ時は肩が触れただけで警戒したくせに、こんな時ばかりは甘える己の現金さに俯いたまま唇を噛む。

和人は手紙を鞄《かばん》にしまうと、それを持ってもう一度こちらに向き直った。

「今日は少し遅くなる。夕食はいらないと伝えてくれ」

「……かしこまりました」

涙声にならぬよう注意深く返事をする。

玄関まで見送りに出た時も、和人は後ろ髪を引かれるように何度かこちらをふり返っていたが、彼を乗せた車はゆっくりと門を過ぎ、それきり見えなくなった。

張り詰めていた息をそろそろと吐き出す。

そうしてしまうと、自分を支えるものが急になくなったかのように立っているのも難しくなった。今この場で踞ってしまいたいけれど、誰かの目に触れるわけにはいかない。

真は這《は》うようにして自室に帰ると、小さな書きもの机の椅子に腰を下ろした。

「…………」

机に両肘を突き、手のひらに顔を埋める。肌に触れる白手袋の感触に、おかしな話だけれど自分は執事なのだとあらためて実感した。

はじめてこれを嵌めた時のことを昨日のことのように覚えている。

最初は、高校卒業後に就職したホテルでベルボーイの仕事を任された時だった。薄い布一枚隔《へだ》ててものを摑む感覚になかなか慣れず、宿泊客の荷物を持つたびにまごついたものだった。

それが手に馴染んだ頃、今度はバトラースクールに入るために海を渡った。厳しい教官の指導の下、どうやったら体力も英語力も劣る日本人の自分が一流になれるだろうと考え、とことんまで所作《しょさ》を磨くことに集中した。おかげで卒業する頃には、真のテーブルセッティングは一流のショーを見ているようだと教官に言わしめるまでになった。

その後はイギリス人の主の元で、帰国してからは御堂の屋敷で、そのたびに新しい手袋を嵌めながら執事として仕事をしてきた。朝起きて、身支度の一番最後に手袋をする。その時にスイッチが入るのだ。もう十二年も続けてきた習慣だった。

けれど――。

自分は、尊敬する祖父や父のようにはなれなかった。自分を完璧にコントロールしきれなかった。三橋に自分を紹介してくれた祖父の知り合いにも申し訳がない。

御堂が亡くなり、遺言の執行に奔走しながら新しい執事を探していた三橋も、親子三代でバトラースクール出身という真を紹介されてさぞ期待しただろう。会ったこともない人間にあれだけの報酬を提示したことを思えば想像にかたくない。

現役を引退してなお新参者を気にかけてくれた九重にしても、口にこそ出さないけれど、胸の内では真が御堂家を立派に取り仕切ることを楽しみにしていたはずだ。和人を頼むと言ってくれた観門。心配そうな葉崎の顔も脳裏に浮かんだ。

――立石さんは御堂の救世主、執事の鑑です。

そんなふうに言ってくれたのに。何度も背中を押してくれたのに。

「申し訳……ありません…………」

謝罪の言葉が白手袋に染みこんでゆく。深い後悔の念に、真はただただ奥歯を噛み締めた。

主に邪な想いを抱いた挙げ句、執事の本分も全うできない自分に、ここにいる価値はない。

逆に言えば、もっとちゃんとした人間はいくらでもいる。

バトラースクールの伝手《つて》を頼れば新しい執事を探せるかもしれない。すぐには見つからなくても、当面の来客対応はハウスキーパーに、スケジュールの調整や外出の同伴なら出張のバトラーサービスである程度は対応できるはずだ。そう。自分の代わりはいくらでもいる。もっと優れたサービスを提供するプロがいくらでも――。

その時、家の電話が鳴った。

不意を突かれて一瞬身を竦ませた真だったが、すぐに執事の顔に戻る。

「御堂でございます」

子機を取り上げると、相手は三橋だった。

その声を聞いた途端、例の失敗が頭を過ぎる。それでも用件を聞く前に言い募《つの》るわけにはいかず、真は逸る気持ちを抑えながら三橋の言葉に耳を傾けた。

「実は明後日なんですがね」

「はい」

その日は恒例となっている三橋の訪問日だ。最初に約束したとおり、彼は毎週欠かさず屋敷の様子を見に来てくれていた。

「外せない用事が入ってしまいましてね。その後もちょくちょくと時間を取られそうで、次の約束をどうしたものかと……。私が言い出したことなのに、いや申し訳ない」

「こちらこそ、いつもご足労をおかけして恐縮でございます」

子機を持ったまま真は深々と頭を下げる。

三橋の訪問は彼の厚意だ。御堂に来たばかりで事情も把握していない執事にすべてを押しつけるのは気の毒だと言って、週に一度様子を見に屋敷を訪れては真にアドバイスをしてくれていた。

三橋にはほんとうに世話になってばかりだ。その彼が忙しくなるなら甘え続けるわけにはいかない。それにきっと、『次』の約束はできないだろうから――。

「さっき、和人から電話をもらいましてね」

「……っ」

このタイミングで名を出され、思わず息を呑む。

「明後日、弁護士と三人で会うことになりました。彼も新しい当主としてようやく尻に火がついたらしい。これも立石さんのおかげです。ありがとうございました」

「いいえ。私など、なんのお役にも立てなかったのです」

つい、言葉が出た。

そして、一度声にしてしまったら抑えることができなかった。

「本来であれば、私が三橋様や弁護士様にご連絡をさせていただくはずでした。皆様と調整をするようにと命じられておりました。それなのに仕事を疎《おろそ》かにし、旦那様のお手を煩《わずら》わせてしまったのは私の責任です。大変申し訳なく思っております」

一息に吐き出す。

黙って聞いていた三橋が小さく嘆息するのが聞こえた。

「和人が、あなたのことをとても心配していました」

「……え……？」

「さっき言いましたね、命じられた仕事ができなかったと。そのことで悩んでるんじゃありませんか。和人は、あなたをそうさせてしまったのは自分の責任だと後悔していました。あなた方は互いに相手のことで自分を責めている――私には、そんなふうに見えますよ」

いたわるようなやさしい口調に胸が痛む。

「立石さんはほんとうによくやってくれている。うちの倅《せがれ》に見習わせたいくらいだ。……だからね、立石さん。私はあなたを自分の息子のように思うこともあったんですよ。こんな勝手なことを言って気を悪くされたら申し訳ないんだが」

「三橋様……」

そんなふうに思っていてくれたなんて知らなかった。知ろうともしなかった。

それなのに、三橋はやさしく言葉を続ける。

「自分の力を発揮できる環境は大切だ。だが、それが自分らしく在れる場所とは限らない。無理して固執《こしつ》するものじゃないはずです。あなたの心が健《すこ》やかであるようにと、それだけを願っていますよ」

親ならそういうものでしょう、と照れくさそうに続ける三橋の心遣いが痛いほど沁みた。

彼はあえて言葉にしない。思いを汲《く》んで、背中を押そうとしてくれている。真の決断を受け入れると伝えてくれているのだ。

「ほんとうに、申し訳ございません……」

自分に力が足りなかったばかりに、恩を仇《あだ》で返す結果になってしまった。

詫びることしかできない真に、三橋は最後までおだやかな声で語りかけた。

「人生は長い。山があり、谷があるから生きていることは素晴らしい。また元気になったら声を聞かせてください」

そんな、いつになるともわからない約束をして電話を終える。

子機を握り締めたまま真はその場に踞った。

暗闇がゆっくりと部屋を呑みこんでゆく。その中でひとり、真は静かに覚悟を決めた。


和人が戻ったのは深夜を回ってからだった。

静かに玄関を開けて入ってくる主をいつもと寸分違《すんぶんたが》わぬ位置で迎える。

「おかえりなさいませ、旦那様」

「起きてたのか」

和人はわずかに目を瞠ってから、自分を落ち着かせるように小さく息を吐いた。

「遅くなってすまなかったな。食事はしたか」

「はい」

「今夜のメニューはなんだった？」

「オニオンスープと、スズキのパイ包みでございました」

「そうか。それは惜しいことしたな」

彼がいつになく饒舌《じょうぜつ》なのは、この重たい空気を少しでも押し流そうとしているからだろう。だから真もそれに従う。夕食などほんとうは食べていなくても、これぐらいの嘘なら恐いぐらいにすらすら出た。

いつの間にか、こんなに嘘つきになってしまいました……。

前を行く和人の背中に心の中で呼びかける。かつて彼が言ってくれたような、尊敬できる一面など自分にはもうなくなってしまった。

だからもう、これで終わりだ。これ以上醜《みにく》いところを見せて和人を失望させたくない。彼にふさわしい人間であるよういつだって完璧を貫きたくて、そうできない自分が許せなかった。

和人の部屋に戻り、着替えを手伝う。

「入浴のお支度をして参ります」

「いや、シャワーでいい。今から風呂に浸《つ》かったら寝てしまいそうだ」

「お疲れでいらっしゃるのですね」

それなら、話は明日にした方がいいかもしれない。疲れた時に面倒事を聞かせるのは申し訳ない。出鼻《でばな》を挫《くじ》かれた感はあったが、真は気持ちを切り替えてシャワーの準備をはじめる。こうして世話をすることももうないのだと思うと、ひとつひとつの行為に名残惜しさを覚えた。

「シャワージェルを替えておきます。いつもお使いのシトラスではお疲れの時に刺激が強いでしょうから。それから……」

離れたところにいるはずの和人をふり返ると、彼はいつの間にか真のすぐ後ろに立っていた。端整《たんせい》な面差しに言葉を呑む。この方は、こんな顔をしていただろうか。長いことその視線から逃れていたせいで、まっすぐに見返すことさえ久しぶりだった。

いつもエネルギーに満ちあふれていた眼差しが、今はなぜか不安げに揺れている。どうしてそんな目をするのだろう。それほど疲れているなら、入浴は明日の朝の方が……。

そう、言いかけた時だ。

「おまえの方が疲れた顔をしてる」

「……え？」

思いがけない言葉に理解が追いつかない。自分は疲れてなんていないないのに。

呆《ほう》ける真を見て、和人はますます顔を歪めた。

「そんなふうになるまで追い詰めたのは俺だな。……すまない」

「おやめください。私ならなにも……」

慌てて止めようとしても和人は譲らない。それどころか、一息に核心に迫った。

「立石。俺に話したいことがあるんだろう」

「なっ……」

――見抜かれている……。

どうして、と口走ってしまいそうになり、すんでで呑みこむ。

けれど続く和人の一言に、もうなにもかも知られているのだと思い知った。

「三橋さんから聞いた」

和人のおだやかな顔に深い諦観が滲む。

「俺がおまえの尊厳を踏み躙ったせいで、おまえを傷つけ、仕事もままならないようにさせた。おまえはいつだって俺のために、家のために、一生懸命やってくれていたのにな」

「旦那様！」

気づいた時には声を上げていた。とても聞いていられなかった。

「どうかご自分を責めるのはおやめください。私が至らなかっただけなのです」

「そうさせたのはこの俺だ」

「いいえ。旦那様のせいではございません」

こんな想いを抱かなければよかったのだ。身勝手な恋心にふり回されない、芯の強い人間だったらよかったのだ。

両脇に垂らしたこぶしを握り締める。

不意に右手を取られ、驚いて顔を上げると、そこには見たこともないような顔をした和人がいた。

「謝って済む話だなんて思っていない。それぐらい酷いことをした。嫌だったよな。ほんとうに……すまなかった」

たった一度のキスで、自分たちはおかしくなってしまった。彼はそう思っているのだろう。確かに、あれが引き金だった。けれど決定打じゃない。

うまく言葉にできず、首をふるだけの真に、和人は「わかってる」と言うように目を細める。

「俺を許せなくて当然だ。それなのに、おまえは今日まで仕えてくれた。心から感謝している」

あぁ、どうしてこの方はこんなにやさしいのだろう。

目の奥がじわりと熱くなる。必死に涙をこらえる真の手を、和人は目の高さまで持ち上げた。

「お別れのキスがしたいが、これ以上嫌な思いはさせられないからな」

手の甲に和人の顔が近づいたのは一瞬のことで、唇も触れさせないまま静かに離れていく。彼なりの別れの挨拶なのだ。触れないことが、自分に対する最上級の気遣いなのだ。

呆然とする真の手を戻すと、和人は静かに微笑んだ。

「新しい奉公先を探すなら早い方がいいだろう。紹介状を書いておく。明日の朝に取りに来てくれ」

「――――」

話は完結してしまった。

以前の和人なら、紹介状などという文化があることすら知らなかっただろう。真も教えていない。その彼の口からこの言葉が出たということは、三橋とも相談済みということなのだ。

自分で決めたことなのに、突き放されたようで恐くなる。それでも後には引けない現実に、せめて引き際ぐらいはきれいでいたいと真はまっすぐに和人を見上げた。

「短い間でしたが、お世話になりました。ほんとうに……ありがとう…ございました……」

思いをこめて頭を下げる。涙をこらえるので精一杯だった。

部屋を出るなり、とうとう堰《せき》を切ったように涙があふれる。それを何度も手の甲で拭いながら、少しでも早くその場を離れるために懸命に足を動かし続けた。

いつかこうなる日がくることはわかっていた。自分は確かにわかっていた。

それでも、和人に対して抱いた燃えるようなこの恋情をついぞ捨てることはできなかった。自分がふがいないばかりに和人を傷つけ、三橋を困らせた。己の愚かしさに言葉も出ない。

自分がもっと器用な人間だったら、あるいはこうならなかったかもしれない。うまいこと折り合いをつけてずっと和人の傍にいられたかもしれない。

そうできたらどんなによかっただろう。

けれどその一方で、これから先、和人に好きな人ができても、その人と結ばれても、自分を押し殺しながら見守ることができただろうかと煩悶《はんもん》する。

望の顔が頭に浮かんだ。

ほんの一時自分たちの間に立ち入られただけで、あんなに動揺したのだ。二度目は耐えられない。ましてや恋人と過ごす和人を傍で見続けるなんて自分にはできない。

あの方が好きだ。どうしようもなく好きなのだ。

あぁ、人の気持ちはこんなにもままならない。それを今ほど痛感したことはなかった。

＊

別れの朝はいともたやすく訪れた。

眠る前の一時、このまま目が覚めなければいいと願ったとしても、太陽は昇り、暗闇を押し退け、新しい一日をはじめてしまう。

いつものようにベッドティーを運ぶと和人は既に起きていて、ひとりで着替えまで済ませていた。

「最後ぐらい、ちゃんとした格好で迎えたかったんだ」

――早くお目覚めください、紅茶が冷めてしまいます。

最初の頃は毎朝決まって言った台詞《せりふ》だった。寝惚《ねぼ》け眼《まなこ》で起き上がる和人の逞しい上半身にドキッとしながら目を逸らし、からかわれ、お返しとばかりに遮光カーテンを全開にしては眩しいだなんだと文句を言われ……。

そんなやり取りももうない。最後の一度さえ、彼はさせてはくれなかった。それが和人なりの気遣いなのだ。自分はもう手のかかる主ではない、安心してここから去ってくれと身をもって伝えようとしてくれているのだろう。

「ベッドじゃないが、もらってもいいか？」

ソファに腰かけた和人がティーセットを指す。

ていねいに淹れた紅茶を差し出すと、和人は「ありがとう」と言って受け取った。そうして両手でカップを包み、ダージリンの水面を見つめながらポツリと呟く。

「これももう、飲めなくなるんだよな」

それはほとんど独り言のようなものだったのだけれど、自分を惜しんでくれていることが痛いほど伝わってきた。

「旦那様……」

真の声に、和人は我に返ったように紅茶に口をつける。まだ熱いそれを名残をふりきるように飲み干すと、ソーサーごとテーブルに置いて立ち上がった。

「引き留めるようなことを言ってすまない。心置きなく行ってもらわないといけないのにな」

彼が無理して笑っているのがわかる。

けれどこんな時、なんと声をかければいいかわからず、真は唇を噛み締めるばかりだった。

和人は引き出しの中から真っ白な洋封筒を取り出し、差し出してくる。

「紹介状なんてはじめて書いたから出来はよくわからないが、おまえがどんなに優秀な男かは伝わるはずだ。それでももし、新しい家で理解が得がたいようだったら、俺に電話するように言ってくれ。いくらでも説明するし、会いに行くのも構わない」

「そんな……。そこまでしていただくわけには参りません」

「うちの大事な執事だったんだぞ。今以上に大切にしてもらわないと困る」

「旦那様」

「今度こそ、大切にしてもらってくれ。そのための紹介状だ」

漆黒の瞳が揺れている。それをこんなにも美しいと思ったことはなかった。

「私は、もったいないほど良くしていただきました。今以上など考えられません」

あなたと出会えてしあわせでした。

あなたと過ごせてしあわせでした。

打ち明けられないからこそ想いは募る。それなのに、手を離さなければいけない現実に胸が押し潰されてしまいそうだ。

なにも言えない。

和人もなにも言わない。

ただじっと息を詰めて互いの瞳に映る互いを見つめる。これで最後だと思うと踏ん切りがつかず、ただひたすらに和人を見上げた。

それでも、最後の一歩を踏み出すのは自分の役目だ。

真は大切な手紙を胸に抱き、深い感謝をこめて頭を下げた。

「大変お世話になりました。どうぞ、お元気で――」

ひと思いにドアを閉める。ぐずぐずしていると足が動かなくなりそうで、執事服のまま鞄を抱えて玄関を出た。

よく晴れた朝だった。

おだやかな日差しが庭の花々を美しく輝かせている。そのどれもが葉崎が丹精《たんせい》こめて育てたものだ。鉄柵《てっさく》に這わせた蔓薔薇も、凛と咲き誇る白薔薇も、ここで過ごした大切な思い出のひとつだった。

その葉崎とは、直接話す機会がなかった。

黙って出ていく心苦しさに足が止まりそうになり、すぐに立ち止まってはだめだと己を叱咤する。一歩遠ざかるごとに身を切られるような思いがしたけれど、もうこうするしか他になかった。

とうとう、蔦模様の表門に辿り着く。

ここを出れば公道だ。敷地の外に踏み出す瞬間がこんなにも恐いなんて思いもしなかった。勤めたホテルを辞《や》めた時も、先代の主から暇をもらった時も、名残惜しさこそあれ、こんなふうに胸が抉《えぐ》られるような痛みはなかった。

ズキンと訴えるように胸が鳴る。

それでも、行かなければならない。

大きく息を吸い、真はとうとう足を踏み出す。右足で公道との境界線を跨《また》ぎ、左足をそれに揃えるだけの小さな一歩。けれど決定的な一歩でもあった。

これでもう、和人とはなんの関わりもないもの同士だ。互いに別々の道を歩いていくのだ。

それを痛感した途端、身体が動かなくなってしまった。足から力が抜け、門柱に寄りかかったままずるずると背中伝いに踞る。ただ息を殺し、事実を飲みこめるようになるのをひたすらに待った。

朝早い時間だからか、幸いにも通りかかるものはいない。高級住宅地の中でも特に奥まった場所にあることを今だけはありがたいと思った。

この景色を見るのもこれが最後だ。なにもかもがこれで最後だ。そう自分で決めたくせにこの期《ご》に及んで思いきれない。立ち上がることさえできないまま真はきつく両手を握り締めた。

その動きにつられて、なにかがくしゃりと音を立てる。

ポケットに入れておいた紹介状だ。震える手で封筒を取り出した瞬間――おかしな話だけれど、それが和人からもらったたったひとつの贈りもののように思えた。

「……っ」

胸の奥から熱いものが迫り上がり、縋る思いで頬を寄せる。無機質な、ただのレターセットでしかないそれに触れ、涙が出た。

和人が手にしたというだけで。思いがそこにあるだけで。言葉にできない想いが滴《しずく》となって後から後から頬を伝った。

これを誰かに渡すなんてできない。たったひとつの贈りものを手放すなんて、自分にはできない。和人とともに過ごした時間のすべてがここに詰まっている。これ以上のものなんてあるわけがない。

今、わかった――。

この紹介状を渡した相手に自分は仕えることができるだろうか。和人ではない誰かのために尽くすことができるだろうか。胸に手を当てて考えるまでもない。答えは、ノーだった。

あの方以外に仕えるなんてもうできない。誰にも忠誠は誓えない。旦那様以外には、誰も――。

最後まで、自分は執事の風上にも置けない人間だったのだとあらためて思い知る。せっかく書いてもらった紹介状さえ無駄《むだ》にしてしまうのだから。

「お許しください」

ひと思いに封を開ける。封緘を崩してしまえば無効になってしまうからだ。

中には折り畳まれた手紙の他に、一回り小さな封筒が入っていた。その表に『こちらは立石にお渡しください』と書いてあるのを見つけ、目を疑う。

「どうして、私に……」

ズキズキと痛いぐらいに胸が高鳴る。緊張で指が震えて、紙を引き出すだけで二度も三度もしくじった。

ごくりと喉を鳴らしながら手紙を広げる。

そこには、端正《たんせい》な字で和人の気持ちが綴《つづ》られていた。

真が屋敷に来てくれてうれしかったこと。一生懸命自分を教育し、主として立たせてくれたことに感謝していること。一緒に過ごした日々を大切に思っていること。

そしてなにより真を驚かせたのは、最後につけ加えられた一文だった。

『これが叶えられない恋だとしても、生涯おまえだけを愛している』

――息が、止まった。

なにも考えられなくなった。

まさか。そんなことあるわけない。逸る気持ちを抑えて何度も何度も字面《じづら》を追う。けれどどれだけ読み返しても、書かれた言葉は変わらなかった。

「生涯、おまえだけを愛している……」

声に出して呟いてみる。耳を通して入ってくる言葉の威力に、ようやく意識が追いついた。

「私、を……」

あの方が、愛していると――。

理解した途端、狂ったように心臓が鳴りはじめた。

――ほんとうに好きになったら、それ以外は代わりにもならない。

和人の言葉が甦る。

一生、真のことを想いながら生きていくと彼は覚悟を決めていたのだ。そして手紙で自分に教えた。新しい奉公先に着いてからなら真を困らせずに済むだろうからと。

「いけません」

何度も何度も首をふる。手紙を持つ手がぶるぶると震えた。

それでは遅いのだ。それでは和人の気持ちに応えられない。その方が何倍も、何十倍も後悔する。

それを彼はわかっていない。ただひとりで諦めて、終わりにしようとしていたのだろう。

「嫌です」

終わりになんてできない。諦めるなんてできない。どうしても捨てられなかった想い。同じ気持ちだったと、やっと今わかったのに。

気づいた時には屋敷に向かって駆け出していた。

荷物を放り出し、息せき切って和人の部屋に飛びこむ。

「旦那様！」

ふり返った和人は、真が手紙の束を握り締めているのを見て目を細めた。

「……開けたのか」

紹介状が使えなくなってしまうだろう、とその目は静かに窘めている。これほど甘やかな責め苦はなかった。

「執事でない私はっ、もう…、いりませんか」

整わない息の中、必死に告げる。想いがあふれてどうにかなってしまいそうだ。

「俺の手紙を読んだ上で、そう言ってくれてると思っていいのか」

和人の目が期待と不安に揺れている。

気持ちが昂るあまり言葉にならず、真は何度も何度も頷いた。

あなたが好きで、好きで、好きすぎて、もう苦しいくらい。

どうやったらそれを伝えられるのかわからなくて、とっさに和人の右手を取る。そうして彼がしたように、いや、彼ができなかったように、自分の唇を押し当てた。

「立石……」

和人が驚いたように目を瞠る。

真は和人の右手を自分の胸に押し当て、高鳴る心音を直《じか》に伝えた。

「叶えられないなどと、どうかおっしゃらないでください。私のすべては旦那様のものなのに」

「……っ」

力強い腕が伸びてくる。ありったけの力で抱き竦められ、息もできないしあわせに眩暈がした。

「俺を、許してくれるのか」

「旦那様を恨んだことなど一度もありません」

「おまえ、は……っ」

感極まったように声をこらえる和人の身体が小刻みに震える。彼もまた、苦しんでいたのだと痛いほどにわかった。

「ほんとうは手放したくなんてなかった。それでも、これ以上おまえを追い詰めて壊してしまう前に、どこかでしあわせになってくれればと思って送り出したんだ。——でも、だめだったな。おまえが出ていったと思うと、頭がおかしくなりそうだった」

「旦那様」

和人が腕をゆるめ、顔を覗きこんでくる。まっすぐな眼差しは恐いくらいで、彼がどれだけ真剣に自分のことを想ってくれているかが伝わってきた。

「愛してる。おまえを愛してるんだ、立石」

「私も……。私も、お慕い申し上げております」

――あぁ、やっとだ……。

やっと伝えられた。彼に想いを伝えられた。同じだけの強さで返される愛に胸がいっぱいになってそれ以上は言葉にできない。

ぽろぽろとこぼれ落ちる滴に唇を寄せた和人は、あやすように額にもやさしいキスをくれた。

「おまえがこんなに泣き虫だなんて知らなかった」

「申し訳、ござい…、ませっ……」

「きっと、俺の知らないおまえがまだまだたくさんいるんだよな。これからは、それを知っていけるんだよな」

瞼にもやさしいキスが降る。大きな手に両側から頬を挟まれ、そっと上を向かされた。

「俺の全部をおまえにやる。だから、おまえの全部を俺にくれ」

「私で、よければ」

「おまえがいい。おまえじゃなきゃ意味がない」

真剣な眼差しに心が震える。これまでの苦悩のすべてが浄化されていくようだった。

「愛してる……」

ゆっくりと唇が重なってくる。

それをしあわせな気持ちで受け止めながら、真は静かに瞼を閉じた。


ひんやりとしたシーツに身を竦めたのは一瞬のことで、すぐに上から覆い被さってくる影に意識を削がれた。

ふたり分の重みにも重厚なスプリングはキシリともしない。ベッドに敷かれた濃紺のリネンが深い海のようにふたりを包んだ。

自分を見下ろす漆黒の双眸。情欲に濡《ぬ》れて閃きながらも、同じだけの強さで向けられる深い愛情に涙がこみ上げてきそうになる。絶望的な気持ちで目覚めた今朝のことが遠い夢のように思えた。

「立石」

和人がゆっくりと上半身を倒してくる。低く艶めいた声に耳殻をくすぐられ、心臓が一際ドクンと跳ねた。

あぁ、彼はこんな声の持ち主だったんだ……。

艶《つや》やかなのに耳に馴染む、アルトサックスのようなやさしい声音《こわね》。最近は和人がなにを話すのか、それはどういう意味なのか、神経を磨《す》り減らすように聞いていたせいでそんなことすら忘れていた。

でも、これからは違う。

顔が見たくて身動ぐと、和人もまたわずかに身を起こしてふっと笑った。

「ほんとうにおまえに触れられるんだな」

ずっと、こうしたかった――。

万感《ばんかん》の想いのこもった吐息混じりの声に、聞いているだけで胸が震える。大きな手で頬を包まれ、確かめるように親指の腹で唇を撫でられて、真もまた和人に触れられるしあわせを噛み締めた。

こうしているだけで心臓が早鐘を打つ。ともするとすぐに息が上がってしまいそうで、真は必死に息を殺した。

大きな手が伸びてきて、ゆっくりと前髪をかき上げられる。そして安心しろと言うように額にやさしいキスが落ちた。

「そんなに緊張しなくていい。楽にしていればいいんだ」

「は、はい」

そう言ったものの、戸惑いは消えない。だってはじめてなのだ。誰かと身体を重ねることも、こうして想いを交わすことさえ。だから和人に触れられるたびにみっともなく身体が強張ってしまう。

タイに手をかけられた瞬間、ビクリと肩が震えた。

「大丈夫か。恐いなら、無理しなくていいんだぞ」

「いえ」

気遣わしげに見下ろす和人が身を引いてしまわないように、真はふるふると首をふった。

「恐いわけではありません。嫌でもありません。……ただ、その………」

慣れていないんです、なんて言っていいのだろうか。この期に及んでそんなことを言って、興醒《きょうざ》めさせてしまわないだろうか。いや、それ以前に、こうした経験がない自分は重たい存在かもしれない。

余計な負担にならないようにするには、どうすれば――。

おろおろと視線をさまよわせていると、「こら」と軽く窘められた。

「今、おかしなことを考えていただろう」

「え……？」

まさか、頭の中が読めるのだろうか。

驚いて見上げる真に、和人は小さな苦笑で応えた。

「当たりだな。ベッドにいる時は俺のことだけ考えてくれ、なんて格好つけたいところだが、おまえがいろいろ考えてしまうのも、緊張するのも、ちゃんとわかってる」

和人は真の左手を取り、白手袋の上から指先にそっとくちづけた。

「男が男に抱かれるんだ。恐くないわけがない」

「旦那様……」

「それでも俺に委《ゆだ》ねようとしてくれてることに、すごく……感動してる」

ありがとう――。

囁きとともにもう一度、今度は誓いを立てるように左手の薬指のつけ根に唇が落とされた。

「大切にする。なにがあってもおまえのすべてを引き受ける。迷いも、悩みも、苦しみもすべてだ。全部受け止めて、そしておまえに愛だけを返す」

「……っ」

「約束する」

恐いくらい真剣な眼差し。そんなふうに言われて涙をこらえられるわけがない。目を熱く潤《うる》ませながら、真はまっすぐに和人を見上げた。

「いいんですか。私は、旦那様が思われるような良いものではないかもしれないのに……」

「ばかだな」

和人がやさしく目を細める。

「この俺が言うんだから間違いない。おまえは、俺にとって最高のパートナーだ」

慈愛に満ちた表情を見ているうちに胸の中があたたかいもので満たされ、軽くなっていくのが自分でもわかった。

この俺が言うんだから、なんて。

「ずいぶん自信満々ですね」

小さく笑った拍子に、目尻に溜まっていた涙が一粒頬を伝う。

それをやさしく吸うと、和人は得意げに口端を上げてみせた。

「そういうところも好きだろう?」

「……もう」

顔を見合わせてくすくす笑い、やがてどちらからともなく目を閉じる。すぐに熱いものに唇を塞がれ、甘く食《は》まれて、頭の芯がジンと痺れた。

和人は性急には進めない。何度も触れては離れ、離れては啄まれるうちに少しずつふたりの体温が馴染んでくる。そうすると今度は離れがたくなって、ひとつでありたいと強く思った。

身も心もひとつでありたい。

和人とすべてをわけ合いたい。

恐る恐る手を伸ばし、覆い被さる和人を抱き締める。すぐに同じだけの強さで抱き返され、泣きたいような、叫び出したいような気持ちで胸がいっぱいになった。

恋のよろこびも、せつなさも、全部和人が教えてくれた。

これからは愛しい人と抱き合えるしあわせを教えてくれる。こんなふうに、彼のすべてで——。

「……ふ、……っ」

息継ぎがうまくできないせいか、鼻から甘えたような声が洩れる。それが恥ずかしくてしかたないのに、どうすればいいかわからなくて、ただひたすら熱に悶《もだ》えた。

背に回されていた和人の手が、服の上から身体の線を確かめるように少しずつ前に移動してくる。上着の前を広げられ、ベストのボタンを外されて、徐々に素肌に近づいてくる手のひらに心臓はさらに早鐘を打った。

触れたところから鼓動が伝わってしまうかもしれない。ひとりだけこんなにドキドキして、まるきり余裕がなくて恥ずかしい。

「……んっ」

和人の指がシャツのボタンにかかった瞬間、思わず小さな声が洩れた。

「は…っ」

わずかに唇が離れた隙に大きく息を吸う。

けれど口を開けたせいで、それまで触れ合うだけだったキスが濃厚さを増した。歯列《しれつ》を割って舌が潜《もぐ》りこんできたのだ。

「ん、ん……っ」

ぬるりと口内を舐《な》められて、ぞくぞくしたものが背筋を這う。はじめて触れた他人の舌は信じられないほど熱くて、やわらかくて、そしてそれ自体が意志を持つ生きもののように強引だった。

尖った舌先が歯の裏をなぞったかと思うと、やさしく舌を包みこまれ、ざらりとした表面で捏ねられてもはや息もできない。口移しに注ぎこまれる唾液《だえき》の甘さに頭の中がクラクラした。

唆すように舌をくすぐられ、おずおずと差し出したところを強く吸われてますます甘えた声が鼻を抜ける。夢中でくちづけているうちに、わずかな衣擦《きぬず》れの音に混じって、ちゅっ、ちゅぷっという淫《みだ》らな水音まで響きはじめた。

「ふっ……、ん、……んんっ……」

これが現実の出来事だなんて頭が沸騰しそうなほど恥ずかしい。それでも、やめたくない。やめたくないのだ。

ようやくくちづけを解かれてからも、名残を惜しむように何度も小さく啄まれる。そのたびに唇はジンジンと疼き、新たな熱を生み出していった。

和人の唇が頬へ、それから顎の稜線《りょうせん》へと際どいところを辿ってゆく。いくつものキスで輪郭《りんかく》をなぞられた後は、左耳のつけ根をそろりと舐められた。

「……んっ」

そんな、ところを……。

頬でもない、耳でもない。普段意識することのない場所で味わう濡れた感触に肌が粟立《あわだ》つ。耳朶《じだ》を吸われ、耳殻にキスを落とされて、息もできないほどゾクゾクした。

「名前を呼びたい。呼ばせてくれるか」

耳に唇が触れたまま、低い声で囁かれる。

「真」

「……っ」

その瞬間、息を呑んだ。心臓が爆《は》ぜてしまったとさえ思った。名前を呼ばれた、たったそれだけのことなのにドキドキしてたまらなくなる。

「旦那、様……」

身を竦めながらもわずかに和人の方に顔を向けると、なぜか耳元で苦笑が聞こえた。

「こんなことをする相手を、おまえはまだ旦那様と呼ぶのか？」

身を起こした恋人が至近距離から覗きこんでくる。どこか悪戯っぽい眼差しから誘惑の蜜が滴り落ちた。

「俺たちが今なにをしているか、口に出して教えようか」

「……な、ん……」

「和人だ。言えるだろう？」

名前を呼ぶ日がくるなんて、想像もしたことがなかった。出会ってから今日までずっと『旦那様』以外の呼び名はなかった。

それを急に、名前でなんて……。

そうしてみたいという気持ちと、そんなことをしていいんだろうかという迷いが入り交じる。

視線を泳がせる真に焦《じ》れたのか、和人が「ほら」とねだるように頬にキスを落とした。

「か……和人、様」

けれど、これでは不充分だったようだ。

「恋人に『様』はいらない」

「ですが」

「おまえは俺を、恋人として認めてくれないのか？」

そんなことあるわけがない。

とっさに首をふる真に、和人はうれしそうに目を細めた。それからもう一度頬に唇を寄せる。呼んでみせてくれと言っているのだ。

「………和人さん」

想いをこめてその名を口にした瞬間――和人の纏う空気がガラリと変わった。

さっきまでの戯けた雰囲気はない。息を呑んだ彼は静かにそれを吐き出しながら、獲物を前にした獣のように情欲を湛《たた》えた目で真を見据えた。

漆黒の双眸に宿る情欲の炎。全身から漂う雄《おす》の色香《いろか》に圧倒され、言葉もないまま吸いこまれるように目を見つめ返す。一息ごとに鼓動が逸り、ただただ好きということしかわからなくなった。

この人の、ものになるんだ――。

ごくりと喉が鳴る。

吸い上げるようにしてくちづけられ、痺れを凌駕《りょうが》するほどの深い甘さに酩酊《めいてい》した。

「おまえの、全部をもらう」

宣言とともに左手首を摑まれ、白手袋をしたままの中指の先に歯を立てられる。そのままグイと手を押し戻され、半ば強引に手袋を取られた。

「あ……」

口で咥《くわ》えて脱がせるなんてと行儀の悪さを叱らなければならないのに、その乱暴なやり方にさえこんなにも胸が高鳴ってしまう。反対側の手も同じようにされて和人の前に素手を晒した。

出会ってからこれまでほとんど、手袋越しに接してきた。主と執事の関係においてそれは絶対的なものだったからだ。

けれど、今は違う。ここから先は仕事を忘れろと言われているようで、真は素直に瞼を閉じた。

深い角度で唇を合わせながらゆっくりとタイを抜かれる。シャツのボタンをいくつか外され、その隙間から節くれ立った指がするりと潜りこんできた。

「……あ、っ………」

ビクリと肩が竦む。首筋に触れられることがこんなにゾクゾクするなんて知らなかった。無意識に逃げを打ちそうになった身体を押さえられ、弱いところに舌を這わされる。熱い吐息がやけにリアルで、二度、三度と身体が震えた。

「んんっ……ん、……」

もはや声を抑えることもできない。ほんとうに和人に触れられているのだと思うと、それだけで涙が出そうになった。

「和人、さん……」

譫言《うわごと》のようにその名を呼ぶ。

伸ばしかけた手を取られ、手のひらに唇を強く押し当てられた。

「真。愛してる」

「あ……」

「愛してるんだ」

何度も、何度も。

手のひらをじわりと濡らした舌は皮膚《ひふ》を伝い、指の間、そして指の一本一本までもキスで埋め尽くしてゆく。指先を唇で挟まれ、やさしく吸うようにされると、痺れるほどの甘い愉悦《ゆえつ》が背筋から腰へと滑り落ちた。

「……はぁ、……っ」

荒い呼吸だけが部屋を満たす。

身体を引き起こされ、性急な手つきでアンダーシャツを脱がされてベッド下に放られた。

途端、我に返った真は裸の上体を丸める。自分は、和人とは比べようもないほど貧弱な身体だ。今さらながらそれが恥ずかしくて戸惑っていると、小さく含み笑った恋人に半ば強引に押し倒された。

「きれいだ」

膝立ちになった和人が、さっきよりもさらに上から見下ろしてくる。

濃紺のシーツに白磁の肌を晒しながら、真はごくりと喉を鳴らした。和人の手が、自らのシャツに伸びたからだ。

長い指が次々に胸のボタンを外し、ひと思いにシャツを脱ぎ捨てる。アンダーシャツも捲り上げるなりなんのためらいもなく床に放った。

それを目で追った真に、和人が上体を倒しながらキスを落とす。

「行儀が悪いなんて言わないでくれ。我慢できない」

「あ……」

肌と肌が触れ合う、はじめての感覚に息を呑む。手と手が触れ合った時とは違う、頰と頰、唇と唇が触れ合った時とも違う。裸の胸はとてもあたたかくて、張りがあって、そして直に和人の鼓動が感じられた。

和人さんも、こんなふうになるんだ……。

自分だけではないと教えられたようでうれしい。きっと、自分がいっぱいいっぱいになっていることも和人に伝わっているだろう。恥ずかしいけれどしあわせだった。

和人の唇が小さなキスを落としながら、鎖骨《さこつ》、胸元、鳩尾と徐々に下に下りてゆく。大きな手のひらに両側から腰を摑まれ、ゆっくりと撫で上げられてビクビクと身体が震えた。

くすぐったいだけではない、なにか。触れられたところから熱が生まれ、出口を求めて身体の中を蠢《うごめ》きはじめている。

「あ、っ」

両の親指で胸の突起に触れられた瞬間、ビリッとした鋭いものが突き抜けた。

身体を洗う時など自分で触れてもなにも感じなかったそこが、和人に触られた途端、別の器官になったかのように敏感になる。親指の腹で両方を一度に捏ねられ、先端を弄《いじ》られると、ビリビリとした強い刺激が再び背中を駆け上った。

「や、……だ、め……」

こんなのは知らない。自分が自分でなくなってしまうようで心細い。

頭をふる動きに合わせてシーツに薄茶の髪が散る。

「真」

名を呼ばれ、吸いこまれるようにして唇を合わせた。

不思議だ。こうしているとひどく安心する。熱い舌に口腔《こうこう》をなぞられ、舌を絡ませていると、和人とひとつになったように思えてくる。

「ん、ぅ……ん、……ふっ……」

くちづけたまま花芽への愛撫《あいぶ》が深くなる。親指と人差し指で尖りを挟まれ、紙縒《こよ》りを作るように弄られると、むずむずとしてじっとしていられなくなった。

「あ、ん……んっ……」

もったりとした熱が下腹に集まりはじめている。それは口内をかき回されるたび、胸を弄られるたびにドクドクと熱いうねりとなって重たく溜まっていった。

心臓が痛いほど鳴っている。息が苦しくてしかたがない。それでも、こうしていられることがうれしくて、もうどうにかなってしまいそうだ。

縋るように逞しい肩に手を伸ばすと、それが合図だったかのように和人の右手が下腹に伸びた。

「あ……、んっ」

ズボンの上からするりと下肢《かし》の間を撫でられ、反射的に背が撓る。

「感じてくれてるんだな」

耳元で低く囁かれ、それがますます羞恥《しゅうち》に拍車をかけた。

布越しにも拘わらず、和人に触れられているだけでそこがどんどん膨らんでいくのがわかる。一度兆《きざ》しはじめてしまえば抑えるすべなどなく、真ははしたなさに唇を嚙みながら身悶えるしかなかった。

「いけま、せん……手を…、離して……」

今や布地を押し上げるように自身が存在を主張している。和人の一挙一動に酔わされ、高められ、もっともっととほしがっているのだと知らしめている。その気持ちに偽《いつわ》りなどないけれど、こんなにも明け透けなのが恥ずかしくてたまらない。ひとりで乱れて呆れられたらどうしようとそればかりが頭を巡った。

だが和人は首を横にふるばかりだ。なんとか思い留まってもらおうと下肢に手を伸ばしたものの、逆に両手首を摑まれ、腰の両側に押さえこまれてしまった。

その状態で和人が足の間に身体を割り入れてくる。ズボンは穿いているとはいえ、大きく足を開かされたことに動揺する真をさらに追い上げるように和人は膨らみへと唇を寄せた。

「あ……、か、和人、さ……っ」

嘘でしょう……！

そんなところにキスされるとは思ってもおらず、すぐさま腕をふり解こうともがく。

けれど抵抗はお見通しとばかりに左右の手をそれぞれ繋がれ、指を絡められて、身動きが取れなくなった。

「そんなこと、いけません……。和人さん、……かず、…さ……っ」

唇が押し当てられるたび、ビクビクと幹がしなる。内股《うちもも》は痙攣《けいれん》したように小刻みに震え、足の間にいる和人を締めつけた。

どんどんと呼吸が速くなる。頭の中が真っ白になってゆく。覚えのある感覚がじわじわと迫り、真を高みへ追い上げようとしていた。

「真……」

熱い吐息を布越しに感じた瞬間、一気に引き摺られる。抗いがたい快楽の奔流に頭から呑みこまれてしまう。

「あぁっ、あ、……だめ、も……、ぁ——……っ」

ふわっと身体が浮くような感覚とともに自身が爆ぜた。顎を仰《の》け反らせ、最後は声にならない声を上げて達した真は、その後も続く長い吐精《とせい》にビクビクと身体を震わせる。これまで味わったことのない強烈な快感にただただ身を任せるしかなかった。

「大丈夫か」

解いた方の手で頬を撫でられ、うっすらと目を開く。心配そうな和人が見下ろしているのが見えて、整わない息の中、なんとかわずかに頬を上げた。

「すまない。急ぎすぎたか」

「いえ……私の、方、こそ……すみません」

与えられるものを受け止めるだけで精一杯で、和人になにも返せていない。

そう言うと、恋人は困ったように眉を下げた。

「おまえを見てるだけで充分煽られてる。これ以上は勘弁《かんべん》してくれ」

「ほんとう、に……？」

「あぁ。暴走しないようにって、これでも抑えてるからな」

軽く触れるだけのキスが落とされる。和人の唇が離れていった後も名残惜しくて、真は無意識のうちに舌を出し、自分の下唇をちろりと舐めた。

「……っ」

その瞬間、嚙みつくようなキスに唇を塞がれる。このまま喰われてしまうのではと思うほど荒々しいくちづけに、鼓動は休む間もなく再び早鐘を打ちはじめた。

「煽るなと言ったろう」

押し殺すような熱い吐息が降ってくる。和人はこれまで見たこともないような、獰猛な雄の目をしていた。

「……あ、……っ」

強引にファスナーを下ろされ、濡れた下着ごとまとめてズボンを下ろされる。一度達したにも拘わらず熱を保ったままの自身がふるりと震え、あまりのいたたまれなさに真はとっさに足を閉じようとした。

だが、和人はそれを許さない。濡れそぼった花芯に手を伸ばすなり、なんのためらいもなくそれを扱《しご》いた。

「やぁっ……待っ、……あ、あ、……っ」

顎を引き絞ったまま息もできない。人の手でされることがこんなに気持ちいいなんて知らなかった。和人が触れている。自分に触れてくれている。

大きな手に芯を育てられながら、もう何度目かもわからないくちづけを交わす。足の間にいる和人が覆い被さってくることで自然と腰が持ち上げられ、布越しの彼の昂りを直に感じた。

「真……」

自分に昂奮《こうふん》してくれている……。

それが、こんなにもうれしい。さっき真の下肢に触れ、彼がほっと笑った気持ちがよくわかった。

あぁ、ほんとうに、愛しいという気持ちには際限がない。

彼に触れるたび、触れられるたびにこうしてどんどんあふれてくる。それを少しでも返したくて、伝えたくて、真は思いきって和人の下肢に手を伸ばした。

「真」

和人が驚いたようにくちづけを解く。

「同じ、ですね」

これで伝わるだろうか。わかってもらえるだろうか。

なんと言えばいいのかわからなくて、もう一度指先で彼に触れると、和人は困ったような、うれしくてたまらないような顔で熱い吐息を洩らした。

「あぁ、おまえと同じだ。ほしくて我慢できそうにない」

身を起こした和人が自身の前を寛《くつろ》げた途端、大きく兆したものがぶるりと飛び出す。それは真のものより一回りも大きく、濡れて淫猥《いんわい》に光っていた。

「これを、おまえの中に挿《い》れたい。……大丈夫だ、ちゃんと慣らす」

「和人さん……」

真に不安を感じさせないよう口調はあくまでもおだやかだけれど、和人がすでに待ったなしの状態なのは同じ男だから真にもわかる。

「慣らさなければ、できませんか」

「え？」

「少しくらい痛くてもいいんです。私なら、大丈夫ですから」

「……おまえは……」

なぜか大きく息を吐かれる。不慣れなせいでおかしなことを言ってしまったかと心配になったが、すぐにそれは杞憂《きゆう》だとわかった。

「積極的なのはうれしいが、辛い思いはさせたくないんだ。万が一にも嫌な思い出になったら困る。これから毎日、こうするつもりだからな」

囁きに絶句した隙に、舐めて濡らされた和人の指が秘所に触れる。

「……んっ」

自分でも触れたことのない場所で指が蠢く違和感は、思った以上に強かった。

それでもこれから和人とひとつになるための準備だと思えば耐えられる。ぐるりと円を描くようにして周囲を慣らされ、ようやく馴染んできた頃を見計らって指が一本潜りこんできた。

「……っ」

「大丈夫だ。息を吐いて」

すぐさま強張る身体を和人が抱き締めてくれる。辛いのは自分の方だろうに、そうやって一歩一歩進もうとしてくれるのがうれしくて、真は努めて息を止めないように深呼吸をくり返した。

「そう……上手だ」

指をすべて受け入れる頃には全身にうっすらと汗が滲む。前髪をかき上げられ、やさしくキスを落とされて、自分から続きをねだった。

恥ずかしいけれど、こうしたい。早く和人のものになりたい。

埋めこまれた指でゆっくりとした抽挿《ちゅうそう》がはじまる。時々途中で止めてはぐるりと中をかき回され、壁を押し上げられて、そのたびに身体の中に感じる自分以外の存在に熱が上がった。

「んんっ」

不意に、強い刺激に襲われて声が洩れる。やさしくさするようにして二度、三度とそこを刺激されると、呼応《こおう》するようにして自身がビクビクと揺れた。

「ここだな」

「や……っ」

和人はなおも執拗《しつよう》にその場所に指を当てる。さっき達したばかりなのに急激にこみ上げてくる射精感に、真はわけもわからず和人にしがみついた。

「おまえの気持ちいいところだ。たくさんかわいがってやるからな」

聴覚からも愛撫されているようで目の前がクラクラする。そうする間にも指は二本に増やされ、いつしか三本目が後孔《こうこう》に埋まった。はぁ、はぁ、と荒い息をしながら胸が上下する。待ちきれないのは和人も同じで、深い眉間の皺が雄の色香をいや増していた。

「和人、さん」

名を呼ぶと同時に指が抜かれる。それまで中を埋め尽くしていたものがなくなったことへの喪失感に後孔がひくんと震えたのも束《つか》の間、同じ場所に熱い塊《かたまり》が押し当てられた。

「挿れるぞ」

低い呟きとともに足を抱え上げられる。真が息を吐いたタイミングを見計らって、かたく張り詰めたものがぐうっと押し入ってきた。

圧倒的な質量に声も出ない。

和人は決して急がず、そのままの体勢で何度もやさしいキスをくれた。額に、頰に、唇に、いたわるようなキスが降る。しっとりと唇を塞がれていると、ひとつになれることへのよろこびが静かに湧き起こった。

気持ちの昂りがそのまま身体にも伝播《でんぱ》していき、中がじわじわと蠕動《ぜんどう》する。真にはわからなかったのだけれど、直接それを感じている和人は驚いたように目を瞠った。

「こら、煽るな」

「私はなにも……」

そう言いながら、今度は自分でもわかるほどに大きく収縮する。

艶めかしく眉間を寄せる和人に見とれていると、緊張がゆるんだ隙にさらに怒張《どちょう》を進められた。

「あ……は、……っ」

張り出した先を呑みこんだ後は勢いのまま、ずるりと中を抉られる。みっしりと自分の中を埋める灼熱《しゃくねつ》に言葉もない。ただ、そこに和人がいることがうれしかった。

和人は抽挿半ばで動きを止め、真の腰を下から掬い上げるようにする。その途端、中にいる雄芯《ゆうしん》の先がいい場所を突いた。

「あぁっ」

「摑まってろ」

真の両手を自分の首の後ろにかけるようにすると、和人は小刻みに腰を揺さぶる。そのたびに逞しいもので内壁《ないへき》を押し上げられ、目の裏で光が弾けるような、ビリビリとした愉悦が頭まで一直線に突き抜けた。

「あ、あっ、……や、……んっ、……んぁ……っ」

挿入で萎《な》えかけていた真自身は触れられていないにも拘わらずかたさを取り戻し、今や和人の動きに合わせてゆらゆらと揺れる。一突きごとに漲り、兆していくそれはいつ弾けてもおかしくなかった。

あぁ、頭がおかしくなりそうだ。こんなことがあるなんて。こんなふうになるなんて。

「気持ちいいか」

言葉にできずこくこくと頷くと、和人はうれしそうに「そうか」と目を細めた。

「……悪いが、そろそろ本気でがっつくぞ。おまえを見てたら引き摺られそうだ」

雄芯が一度ギリギリまで引き抜かれる。腰を高く抱え直されるなり、今度は一気に最奥《さいおう》までズン、と突き入れられた。

「――――っ」

あまりの衝動に、真は声にならない叫びとともに高みを極める。吐精はなく、代わりに快感の余韻《よいん》が信じられないほど長く続いた。

筋肉が緊張したままにも拘わらず、激しく蠕動する中を和人の雄が攻め立てる。足のつけ根が合わさるたびに肉のぶつかる音が部屋に響いた。

ガクガクと揺さぶられ、激しく突き挿れられて息もできない。身体の奥深くまで和人に埋め尽くされる快感で頭の中が真っ白になる。角度を変え、深さを変えてあらゆる場所を暴《あば》き尽くされ、そのたびに中はよろこぶように蠢動《しゅんどう》した。

「真……」

「かず、……ひと、さ……」

激しく睦《むつ》み合いながら、互いの存在を確かめるように唇を重ねる。和人の顎から滴《したた》る汗に、彼もまた限界が近いことを知った。

少しずつ抽挿が速くなる。最奥を開くように膨らんだ怒張が押し入ってくる。

「あ、あ、あ、……あっ……ぁ……っ」

また波がやってくる。一息に押し上げられてゆく。ありったけの力で和人にしがみつくと、一際強く腰を打ちつけられた。

「あ、あ————……っ」

「…………くっ」

真自身から勢いよく蜜が噴き出す。同時に最奥に熱い放埓《ほうらつ》を注ぎこまれ、その感覚で真はまたさらなる波を迎えた。

心臓が鳴りすぎてうまく言葉にならない。はくはくと喘《あえ》ぐように息を吸いこみながら触れるだけのキスを重ねた。

ようやく、身も心もひとつになれた。和人とすべてをわけ合えたのだ。

「俺を受け入れてくれてうれしかった。ありがとう。愛してる」

あたたかな唇が額に触れる。

だから真も伸び上がって、その精悍な頬にくちづけた。

「私も……愛しています」

声が掠れているのがおかしくて、目と目を合わせてまた微笑み合う。

瞼へのキスを最後に目を閉じると、すぐにとろとろとした眠気がやってきた。まるで深い海に溶けていくようだ。抗いがたい心地よさに少しずつ意識が遠ざかる。

「ゆっくりおやすみ、真」

あたたかな唇の感触を最後に、真はやさしい眠りに誘われていった。

＊

葉崎から、衝撃的な言葉を聞かされたのは翌日の午後のことだった。

「よかったですね、立石さん。高坂さんとうまくいったんすね」

「…………」

あまりのことに、口を開けたままその場でフリーズする。すぐには言葉も出ず、もう少しでティーポットを取り落としてしまうところだった。

「……な、なんのことでしょう」

どんなに自然に笑おうとしても、顔が引き攣《つ》ってしまうのが自分でもわかる。葉崎にはなおのこと見え見えだろう。

「またまた、とぼけちゃって」

なにやらわけ知り顔の庭師は仕事の手を止め、テラスでお茶の支度をしていた真に近づいてきた。

「昨日の朝、門のところにいたでしょうって言ったら、俺の言いたいことわかります？」

「……！」

まさか、あの一部始終を見られていたのか……？

目を見開く真に、葉崎がぷっと噴き出す。

「立石さんて無防備になるとそんな感じなんですね」

頭がグラグラする。額に手を当てて眩暈をこらえていると、葉崎は「実は昨日、いつもより早く来たんですよね」と話しはじめた。

蔓《つる》を牽引《けんいん》しておこうと一時間早くやって来た葉崎が見たものは、門の前で踞る真の姿だった。

「はじめは見間違いかと思ったんですよ。でも、執事服着てたから立石さんだろうって……」

雰囲気がいつもと違っていて、おまけに荷物まで持っていたので、おかしいと思ったのだそうだ。

とっさに駆け寄ってどうかしたのかと声をかけそうになった葉崎だったが、すんでのところで走るのをやめた。

「立石さんが、真剣な顔でなにか見てたから」

――手紙だ。和人からの大切な贈りものを、息を詰めて読んでいた時だ。

「なんだか声かけちゃいけない気がして……すごく、真剣だったから。立石さんはしばらく呆然としてたけど、覚悟を決めたみたいに屋敷に走っていったんです。俺はびっくりして、ただ後ろ姿を見てました」

玄関までの長いアプローチ。一心不乱に駆けていくのを見た時に、どうしてかはわからないけれど、和人のところに行くとピンときたのだという。

「ずっと高坂さんのことで悩んでたでしょ。だから、仲直りに行ったんだと思って。ついでにうまくいったんだろうなと思ったんですけど……当たりですよね？」

「……！」

頬が熱い。首筋まで熱くなるのが自分でもわかる。それを少しでも隠したくて、無駄と知りながらも手袋で顔の下半分を覆った。

「すみませんが、こちらを見ないでいただけますか」

おろおろと視線を逃がす。

けれど、返されたのは予想を超えた言葉だった。

「俺、高坂さんにイラッときたの、これが二度目です」

「……は？」

思わずぽかんとしてしまう。

「立石さんが無自覚無頓着《むとんちゃく》系なのは知ってましたけど、それがかわいく見えるってアリなんすかね？

いや、普通にだめでしょ？」

さりげなく失礼なことを言われているような気がするのだが、勢いに押されて割りこめない。

「恋の力ってすごいなぁ」

「……っ」

もはや返す言葉すらなく、両手で顔を押さえた時だ。

「こら、葉崎。真を苛《いじ》めるな」

肩にポンと手を置かれる。顔を上げると、すぐ後ろに和人が立っていた。

——今、名前で呼んだのでは……？

さっきまで真っ赤になっていた顔からさあっと血の気が引いていく。ふたりだけの時ならともかく、
他の使用人の前で公私混同しては主の威厳に関わってしまう。

焦って見上げる真をよそに、和人はなぜか好戦的な笑みを崩さない。

対する葉崎も楽しげにそれを見返すばかりだ。

「雨降ってなんとやら、ってやつですか」

「おかげさまでな」

「ずいぶん豪雨だったみたいですけど」

「それだけ想いが深かったってことだ。これからを楽しみにしていてくれ」

和人がニヤリと口端を持ち上げる。

「花を育てるのと同じでな、愛情をこめた分だけきれいに咲くんだ。おまえにもそんな相手ができるといいな」

「俺のことまでご心配いただきまして。扱《こ》き使われて一生庭弄りで終わったら恨みますからね」

睨み上げる葉崎に和人が声を立てて笑う。そんなふたりを真はハラハラしながら見守るしかない。

葉崎はしばらく主と目で会話を続けていたが、やがて「やれやれ」と大きく息を吐いた。

「まぁ、なにはともあれ、めでたしめでたしでよかったです。これで立石さんがいなくなったら、俺、じいちゃんに会わせる顔がないし」

その言葉に、九重のやさしい声を思い出した。

「これからは時間が作れると思います。九重様にもご挨拶に伺いたいので、その時は一緒に来ていただけませんか？」

真が頼むと、葉崎はぱっと顔を輝かせた。

「もう執事の仕事に縛られなくていいんすね。行きましょう。行きましょう。高坂さんは置いて」

「俺も行くぞ」

「いいですよ。仕事が忙しいんだから無理しなくても」

「冗談じゃない。おまえとふたりにしたら真が困る。真をつついていいのは俺だけなんだ」

「だ、旦那様っ」

「和人と呼べと言ったろう」

「ですが今は……。な、なにをなさるんですかっ」

腰に回された手が器用にシャツの裾を引き出そうとしている。隙間から潜りこんだ指先にするりと素肌を撫で上げられ、真はとっさに口を塞いだ。

上目遣いに睨むものの、和人はまったく意に介した様子もない。それどころか横目で秋波《しゅうは》を送ってくるものだから、真の方がドキッとさせられてしまった。

そんなふたりを前に、葉崎が本日二度目となる盛大なため息をつく。

「じいちゃんには秘密にしときますけど、三橋さんには言っちゃいますからね。うまいことやってくださいよ。じゃあ」

あー忙しい忙しい、と棒読みしながら葉崎はくるりと踵を返す。はっと我に返った時にはもう彼は角を曲がって行ってしまった後で、真は焦って和人を見上げた。

「す、すぐに葉崎さんに思い留まっていただくようにお願いしてきます」

「いや、いい」

「え？」

走り出しそうになっていた真は耳を疑う。

「よろしいんですか？」

「どうせバレるなら早い方がいい。それに、どのみち御堂は三橋家に継いでもらうわけだしな」

それはどういう意味だろう。

目で問う真に、和人は口元でふっと笑う。

「俺がゲイだって忘れたか？」

その瞬間、すべてがわかった。

――そう、か。この方はそのつもりでいたんだ。はじめから、なにもかも。

同性愛者である和人に子供はできない。残る直系は御堂の妹である彼の叔母と、その夫である三橋との間に生まれた三人の息子たちだけだ。亡き父の遺言に従って当主を継いだ和人も、やがてはそのうちの誰かに家督を譲るつもりでいたのだろう。

「いつになるかはわからないが、それはこれから三橋さんや、従兄弟《いとこ》たちと話し合って決めるつもりだ。この家を大切に守ってくれる人間なら俺はなにも言うことはない」

おだやかな横顔に、写真でしか見たことのない御堂の面影が重なって見える。

しばらく遠い目をしていた和人は、ややあって、思い出したようにくすりと笑った。

「はじめてこの家に来た時、三橋さんが俺を見て絶句してたっけな。こんなに行儀の悪い人間が御堂家を継いで大丈夫なのか、本気で心配してる顔だった」

真が来るほんの一月前のことだそうだ。

「それでも、熱心な教育係のおかげでこんなに立派な紳士になったんだからな」

得意げな顔に、つい噴き出す。

「ご自分でおっしゃるんですか」

「しかも極上の美形ときた。おまえも気づいてもいい頃だぞ。前にも言ったが、いい加減に」

グイと顔を近づけられ、キスされるのかと焦ってしまった。間近で見る和人は冗談が冗談に思えないくらい見目麗《みめうるわ》しい。

けれどそれをそのまま言うのはなんだか悔しくて、真は上目遣いに恋人を見上げた。

「紳士は、こんなところで襲いかかったりしませんよ」

「恋人がかわいすぎるのがいけない」

「あなたの恋人は慣れていないんです。そんなふうに迫られたら困ります」

「困った顔も最高にかわいい」

まったくもう、ああ言えばこう言う。

そして、そのいちいちにドキドキしている自分が手に負えない。そうこうしているうちになんだかおかしくなってきて、真はふっと頬をゆるめた。

結局、どうしようもないのだ。好きという気持ちはほんとうにどうしようもない。叶わない恋に苦しんでいた時もそう思った。それを思えば、今のこの悩みはなんてしあわせなんだろう。

手を伸ばし、風で乱れた黒髪をそっと撫でた。

「素敵ですよ、和人さん」

この世で一番大切な私の恋人。

和人は瞬きも忘れてこちらをじっと見ていたが、じわじわと頬をゆるめ、やがてうれしくてたまらないというように破顔した。

「……え？」

「今のを録《と》っておいて、一日中見ていたい気分だ」

「動画などでよろしいんですか」

それはなにげない返事のつもりだったのだけれど、和人をいたくよろこばせたらしいということはすぐにわかった。漆黒の双眸に危うい色が混じったからだ。

「うれしいことを言ってくれるな。もっとおまえに口説《くど》かれたい」

「……っ」

耳元に吹きこまれる、艶めいた低音の美声。甘い囁きに身体中から力が抜けてしまいそうになり、真は慌てて両足を踏ん張った。

「も、もう。惚《ほう》けていないで、もっとシャンとしてください。私は口説いてなんていませんからね。せっかく褒めたのにすぐそうやって……聞いてるんですか、和人さん。ほら目尻を下げない！」

あぁもう、言えば言うほど恥ずかしくなってくるのはどういうわけだ。

和人はしばらく肩で笑いをこらえていたものの、我慢しきれなくなったのか、とうとうあかるい声を立てて笑った。

はじめは眉間に皺を寄せていた真も、恋人を前にいつまでも仏頂面《ぶっちょうづら》は続かない。大袈裟なため息で照れ隠しをしながらゆっくりと庭に目を向けた。

美しいイングリッシュガーデン。その一角で、チャーリーブラウンが凜と咲き誇っている。

あの花がお好きだったっけ……。

風にそよぐ薔薇を見つめていると、まるで考えを読んだように和人が口を開いた。

「あれを持って、九重のところに行こうか。みんなで」

「私も今、同じことを考えていました」

「じゃあ決まりだな。帰りはふたりきりでデートしよう」

「どこに連れていってくださるんです？」

「それはお楽しみだ」

和人が確信犯のように口端を上げる。きっとその頭の中には企《たくら》みがあるに違いない。

まったく、悪戯っ子のような顔をして。胸を躍《おど》らせている自分も大概なのだけれど。

「これからは、こんなふうにもっと一緒にいる時間が作れるな。もしおまえが嫌でなければ、執事の仕事も続けてもらえるとうれしいんだが」

「よろしいんですか」

一度は紹介状を書いてもらった立場上、復職したいとは言えずにいた。

けれどそんな心配を、和人は「当たり前だろう」と笑顔で一蹴する。

「昼間は執事として、夜は恋人として傍にいてくれ。もちろん、休みの日は丸一日が恋人時間だ」

「欲張りですね」

「たくさんのものをおまえと共有したい。時間はいくらあっても足りないんだぞ」

力説する和人を見ているうちに、おかしくなって笑ってしまった。

これからは、こんなふうにずっと一緒にいられるのだ。毎日のように想いを重ね、時には面倒事に顔を顰めながらも、愛しい人と手に手を取って前に進んでいくことができる。

「とても楽しみです」

近づいてきた唇をわざとよけて、鼻先に小さなキスを贈る。

和人は一瞬驚いてから、すぐにたまらないという顔で噴き出した。

「参ったな。……愛してる」

くすくすと笑いながらもう一度唇が近づいてくる。

それに応えられるよろこびを噛み締めつつ、真はしあわせな日々のはじまりに瞼を閉じた。

耽溺のマリアージュ

夕食後――それは、恋人として過ごす甘いひととき。

一日の仕事を終わらせた真《まこと》が自分と過ごすために部屋に来るのを待つ、この時間がとても好きだ。耳を澄ますと今にも足音が聞えてきそうで、和人《かずひと》は浮かれる気持ちを抑えながら机上《きじょう》の薔薇《ばら》を指先でつついた。

ネアージュ・パルファンというのだそうだ。

この頃の真は、花を飾るたびにちょっとした話を添えてくれる。葉崎《はざき》から聞いた時には右から左に素通りした内容も、恋人が教えてくれたとなると話は別で、一度で覚えてしまうから不思議だった。

そんなわかりやすい当主に、庭師は言いたいことが山積みのようだが。

「恋人は特別だもんな？」

含み笑いながら目で薔薇に同意を求める。秘密を共有するように、やわらかな花びらにそっと触れるだけのキスを落とした。

「早くおいで……真」

今すぐおまえを抱き締めたい。

そんな和人の想いに応《こた》えるように、いいタイミングで小さな足音が聞えはじめた。控えめな靴音が書斎に向かってどんどん近づいてくる。ノックすら待ちきれずに椅子《いす》を立ってドアを引き開けると、案の定、銀のトレイにティーセットを載せた真が立っていた。

「お待たせいたしました」

「もうすぐ痺《しび》れを切らして迎えに行くところだった」

そう言うと、真は軽く眉《まゆ》を寄せるようにして、目だけで「しかたのないご主人様ですね」と窘《たしな》める。

その眼差《まなざ》しにほんの一匙《ひとさじ》蜜が混じっているのように見えるのは自惚《うぬぼ》れだろうか。

真がテーブルに銀盆を置くのを待って後ろから腕を回し、細い身体を抱き締めた。

「やっとおまえに触れられる……」

「大袈裟《おおげさ》ですね」

「そんなことないぞ。なにせ一日ぶりだ」

「それを大袈裟って言うんです」

腕の中で真が小さくくすりと笑う。

慎《つつし》み深い彼は、いまだに感情を爆発させるようなことはないが、時々こうして自分の前でだけ気をゆるめてくれるようになった。ギクシャクした時から比べればものすごい進歩だ。

それだけではない。

最近では、夕食後を普段着で過ごしてくれるようにもなった。仕事中は執事服でもいいのだけれど、ふたりきりの時は恋人らしく過ごしたいとの和人のリクエストを聞き入れてくれた形だ。

今夜の真は、アイボリーの薄手のニットにベージュのパンツを身につけている。首回りのゆったりしたデザインのニットはやわらかな彼の雰囲気にぴったりだ。

「この服もよく似合ってる」

「ありがとうございます。……ところで、お仕事はよろしいんですか」

ノートパソコンの蓋《ふた》が閉まっているのを目敏《めざと》く見つけたらしく、真がわずかにこちらを向いた。

「ちゃんと終わらせてある。おまえとの時間を確保するためなら俺はいくらでも頑張れるんだ」

「またそういうことを……」

「ほんとうだぞ」

くすくす笑いながら髪にそっとキスを埋める。

「安心して恋人の時間を楽しもう」

甘えるように項に鼻先を擦《す》りつけると、くすぐったいのか、真が小さく苦笑した。

「そろそろ離してくださらないと、お茶が冷めてしまいます」

実に名残惜《なごりお》しくあったが、せっかく用意してくれたものを台無しにするわけにはいかない。和人は大人しく手を離すと、お茶の支度を真に任せ、いつもどおりソファに移った。

定位置に座ると目の高さがちょうど真の手の辺りになる。ポットの重さを微塵《みじん》も感じさせず、優雅に紅茶を注ぐのに思わず見とれた。

「おまえの所作はとてもきれいだな」

真は手を止めてこちらを見、「ありがとうございます」とうれしそうにはにかみ笑う。すぐに睫《まつげ》を伏せてしまったものの、その横顔にはまだほんのりと笑みが残っている。

目を逸らしてしまうのが惜しくて、瞬《まばた》きもせずに見つめていると、真が再び顔を上げた。

「そんなふうにじっと見られると困ります」

「俺の大事な癒《い》やしなんだ。一日の疲れも吹き飛ぶ」

「それはお茶で癒やしていただけませんか」

真が苦笑とともにティーポットを掲《かか》げる。

「今夜は特に、和人さんのリクエストにお応えしたんですから」

「頼んでおいたものは持ってきてくれたか？」

「はい。こちらに」

そう言って真は陶器の蓋を摘《つ》まみ上げた。中には、菫《すみれ》の花の砂糖漬けを乗せた角砂糖がきれいに並んでいる。

毎晩の習慣となったナイトティー。

いつもはディンブラをストレートで楽しんでいるのだが、今夜は趣向を変えて、砂糖を持ってきてくれと頼んでおいた。

「甘いものはあまりお好きではないのに、珍しいですね」

首を傾げながら差し出された紅茶を受け取り、ウィンクをひとつ。

「今夜はちょっと変わったことをしてみたくてな」

「どういうことです？」

「紅茶に合うのはミルクやレモンだけじゃない。たまには大人の楽しみ方を試してみよう」

まるで手品をはじめる気分だ。

席を立った和人は、まずはじめにサイドボードから洋酒の瓶を取り出した。ブランデーの中でも特に純度の高い蒸留酒であるコニャックだ。小気味いい音とともに栓が抜け、ふわりと華やかな香りが立ち上ってくる。

次に、部屋の灯りをダウンライトに切り替え、驚いている真を伴ってソファに戻った。真は言葉を挟《はさ》むことなく、じっとこちらを見つめている。それをもっと引きこみたくて、彼を夢中にさせたくて、和人はもったいぶった手つきでティースプーンを手に取った。

角砂糖をひとつ乗せ、注意深くコニャックを垂らす。その量は多すぎても少なすぎてもいけない。真っ白な砂糖が飴色に染まるくらいがちょうどいいのだ。

じわじわとアルコールが浸みていく。それがほろりと崩れそうになったところで、和人はシャツの胸ポケットに忍ばせていたマッチ箱を差し出した。

「せっかくだから、やってみないか」

「私ですか？」

「共同作業みたいでいいだろう？」

眼差しで唆《そそのか》す。彼の目が無言で窘めるのさえ心地いい。

真がマッチの火を近づけると、ティースプーンからたちまち青い炎が立ち上った。

「ティーロワイヤルですね」

「知ってたか」

「聞いたことはありましたが……実際見るのははじめてです。とてもきれいですね」

「気に入ったならよかった」

アルコールを飛ばした後は、そのままスプーンを紅茶に沈める。ゆっくり一混ぜしたカップを差し出すと、真は「自分が先に手をつけるなんて」と首をふった。

「どうぞ和人さんから召し上がってください」

「おまえのよろこぶ顔が見たいんだ」

恋人は返事の代わりに眉間に皺《しわ》を寄せる。照れた時の癖《くせ》なのだ。

本人は無意識なんだろうけれど、それがどうにもかわいく見えてしかたがない。普段凛《りん》としているだけにギャップというか、困っている姿もそそるのだ。そんなことを口にしようものなら間違いなく拗《す》ねてしまうから言わないけれど。

「それでは、いただきます」

真は腹を決めたのか、そろそろとティーセットに手を伸ばした。顔の高さまでカップを持ち上げ、ゆっくりと息を吸いこむ。

「いい香り……」

そうして一口飲むなり、花が咲くようにふわりと笑った。

「とてもおいしいです」

「そうか。よかった」

自分用に作るのが待ちきれず、横から真のカップに顔を寄せる。その途端、鼻腔をくすぐる華やかな香りに眩暈《めまい》がした。とろとろとしたコニャックの甘さ。それが紅茶の湯気によってあたためられ、さらに芳しく立ち上っていく。

飲んでみるとその感動は一層強くなった。まるで、ひとつになるために生まれてきたかのようだ。

「あぁ、うまいな」

「コニャックと紅茶がこんなに合うなんて知りませんでした」

「こういうのをマリアージュっていうんだろう？　俺たちみたいに」

「……え？」

ぽかんとなった頬《ほお》にさりげなく唇を寄せる。

「おまえはいつも、紅茶のように俺をあたたかく包んでくれる。そうだろう？」

「そ……、そんなことを言うなら、和人さんは私を酔わせてばかりです」

「ほら。俺たちみたいだ」

照明を落としているにも拘わらず、恋人が盛大に赤面するのが雰囲気でわかった。

「あぁ、もう……。そんなにかわいくてどうするんだ」

手からカップを受け取るなり、たまらずに唇を重ねる。

「……、んっ……」

甘い甘いくちづけに、先に酔わされたのはどちらだったか。

「もっと大人の楽しみを味わおうか」

耳元で囁《ささや》くと、真は緊張に身を竦《すく》めた後で、すり…、と頭をすり寄せてきた。

「愛してる」

やさしく顎《あご》を掬《すく》い上げ、今度は深く酩酊《めいてい》するためのキスにどちらからともなく溺《おぼ》れてゆく。

静かに更《ふ》けていく甘やかな夜を、ふたりは心ゆくまで味わうのだった。

あとがき

こんにちは、宮本《みやもと》れんです。

『誓約のマリアージュ』お手に取ってくださりありがとうございました。

今回はラフな主人とツンな執事のお話です。最後にはラブな主人とデレな執事にクラスチェンジし、このふたりはどこまでラブラブする気なんだという感じでまとまりましたが、お楽しみいただけましたでしょうか。

ラフな主人の和人《かずひと》は、キャラ設定に「自由奔放に生きてきた」と書いたせいで、打ち合わせの時に「あっ、この奔放というのは性にオープンという意味ではなくて、経験が豊富という意味で……あっ、この経験が豊富というのはですから性にオープンという意味ではなくて……いえ、ちがっ、あのっ」というドツボに嵌まった記憶があります(笑)。

ツンな執事の真《まこと》は、恋愛なんて欠片も興味ありませんとツンツンのお仕事モードだったはずなのに、気づいたら初恋の乙女になっていました……。和人と結ばれてからは葉崎《はざき》にからかわれるほど無防備になりましたしね。

その葉崎、脇役ながらすごく楽しかったので、特典小冊子に『庭師・葉崎拓也《たくや》の受難』を書き下ろしてみました。もはや攻視点ですらない、庭師視点という謎な代物なのですが、目の前でカップルにイチャつかれる気の毒な日常をあたたかく見守っていただけましたらうれしいです。

本作にお力をお貸しくださった方々に御礼を申し上げます。

高峰《たかみね》顕《あきら》先生。いつかご縁があればと憧れていた高峰先生にイラストを描いていただけると伺った時には、あまりのうれしさにぷるぷると身悶えしながら部屋の隅で踊りました。いただいたラフも全部宝物です。格好いい和人、凜とした真、もったいないほどの素敵なイラストをどうもありがとうございました！

担当K様。ふたりでうんうん言いながら、歌まで歌いながらタイトルを捻り出した時のあの達成感は忘れられません。いつもほんとうにありがとうございます。これからも精進して参りますのでどうぞよろしくお願いいたします。

最後までおつき合いくださりありがとうございました。よろしければご感想などお寄せくださいね。楽しみにお待ちしております。

次回は間をあけず、春に新作をお届けできる予定です。今後の予定はサイトやブログで随時お伝えしていきます。既刊番外編もありますので、ぜひどうぞ。http://renm.chu.jp

それではまた、どこかでお目にかかれますように。

二〇一六年　しあわせな誕生日に

宮本れん

この本を読んでの
ご意見・ご感想を
お寄せ下さい。

〒151-0051
東京都渋谷区千駄ヶ谷4-9-7
(株)幻冬舎コミックス　リンクス編集部
「宮《みや》本《もと》れん先生」係／「高《たか》峰《みね》 顕《あきら》先生」係

LYNX ROMANCE
リンクス ロマンス

誓約のマリアージュ

2016年1月31日　第1刷発行

著者……………宮《みや》本《もと》れん
発行人…………石原正康
発行元…………株式会社　幻冬舎コミックス
〒151-0051　東京都渋谷区千駄ヶ谷4-9-7
TEL 03-5411-6431（編集）
発売元…………株式会社　幻冬舎
〒151-0051　東京都渋谷区千駄ヶ谷4-9-7
TEL 03-5411-6222（営業）
振替00120-8-767643
印刷・製本所…株式会社　光邦
検印廃止

万一、落丁乱丁のある場合は送料当社負担でお取替致します。幻冬舎宛にお送り下さい。本書の一部あるいは全部を無断で複写複製（デジタルデータ化も含みます）、放送、データ配信等をすることは、法律で認められた場合を除き、著作権の侵害となります。定価はカバーに表示してあります。

©MIYAMOTO REN, GENTOSHA COMICS 2016
ISBN978-4-344-83621-1 C0293
Printed in Japan

幻冬舎コミックスホームページ　http://www.gentosha-comics.net

本作品はフィクションです。実在の人物・団体・事件などには関係ありません。